その刺激で一気に弾けそうになった前を両手で押さえ込む。ベッドの上で体を丸めるようにしていたら、岡林の手で髪をつかまれて引き起こされた。待てない。岡林自身がほしい。

〈本文P205『夏陰―Cain―』より〉

イラスト❀高緒　拾

Pierce Novels No.18

夏陰
−Cain−

水原とほる

TO-RU MIZUHARA

PIERCE NOVELS
ピアスノベルズ

この物語はフィクションであり、実在の人物・学校・事件等とは、いっさい関係ありません。

CONTENTS

夏陰 —Cain—

◆◆

土曜日の夜だった。

時間が早いせいもあって、店の中はまだ閑散としている。勤め帰りのサラリーマンが二人、カウンターの隅で飲んでいるだけだ。

カウンターが十数席と、奥にテーブルが一つだけの狭い店は、男同士が気軽に飲めるようにと、女の子もいなければ、カラオケもない。

雪洋《ゆきひろ》がここのバイトに入るようになって、今夜でちょうど五日目になる。

毎日午後の八時から深夜の一時までバーテンとして働いているが、明日は日曜日だからようやく休みが取れる。

(疲れた…)

雪洋は心の中で呟《つぶや》いた。が、手の方は休むことなくグラスを磨いていた。

マスターはカウンターの端に座り、難しい顔をしながら店の仕入れの帳面を睨《にら》んでいる。そんな彼は金には細かいが、悪い人間じゃない。

雪洋よりは一回り小さい体で、フットワークが軽くよく気のつく男だった。ただ、酔うとお姉《ねえ》言葉になるので、ゲイなのかと思ったがそうではないらしい。

鼻の下に濃くもない髭を生やし、細い目が笑うとなくなる。愛嬌のある顔は客商売には向いていると思う。

そんな彼とは対照的に、雪洋の方は冷たい印象があるらしい。

小さい顔に細い鼻梁《びりょう》と、輪郭のくっきりとした唇がおさまっている。そして、琥珀《こはく》色の瞳は深い二重に囲まれていた。

整った目鼻立ちを人から誉められることは少なくない。けれど、友人からの誉め言葉で雪洋が一番嬉しく思うのは、清潔感があると言われることだった。

ちょっとくらい顔が整っていたからって、それを活かせるだけの器量がなければ仕方がない。見てくれがいいだけで食べていけるほど、世の中が甘いものじゃないことくらい重々承知している。

この世で肉親といえば姉しかいない雪洋にとって、金はいくらでも必要だった。

通っている大学の授業料や生活費のために、時給のいいバイトを探したらどうしても夜のバイトになってしまう。

芯が弱いとは思っていないが、社交的でもなく、自分自身を押し出すのが苦手な雪洋にできるのは、せいぜいこんな地味なバー勤めくらい。

『雪洋君は真面目だから雇ったんだ。こういう商売をしているから、人を見る目だけはあるつもり。

ちゃんと出勤して、やることさえきちんとやってくれたらそれでいいから』

最初にそう言ったとおり、マスターは細かいことにはこだわらない。

準備さえ整えていれば、客のいないときにはカウンターの中の椅子に腰かけていても、本を読んでいても構わないと言われている。

ここでなら長く勤められそうだと思った。

大学に入ってから何軒かの飲み屋のバイトをしたが、正直言って居酒屋も、女の子のいる店も、カラオケのある店も苦手だった。

雪洋がトラブルを避けて控えめにしていても、あちらから過剰にかかるアプローチはどうしようもなかった。そうして、ここは五軒目にやっと見つけた落ち着ける店なのだ。

だからこそ、疲れてはいたし、客も少なかったが、せっせとグラスを磨き続けている。

カウンターの後ろの棚にずらりと並んだワイングラスをひととおり磨き終えたとき、店の扉が開いた。

「いらっしゃいませ」

マスターよりも早く雪洋が声を出す。そこへ巨体の男が一人入ってきた。

「いらっしゃ…」

…いませと続くはずのマスターの言葉が途切れる。カウンターに座っていたサラリーマン二人も思わず息を呑《の》み、話をやめた。

「岡林《おかばやし》さん、なんだかシケた店ですが、本当にこんなところでいいんですか？」

最初に扉を押して入ってきた男が振り返ってたずねる。

すぐ後ろにいた男はそんな問いに黙って頷《うなず》く。その男に続いて三人の若い男達が入ってきた。全部で五人。一目でその筋の者とわかる雰囲気が漂っている。

「あっ、あの…、奥のテーブルでよろしいですか？」

マスターがカウンターから立ち上がり、先頭の男に訊《き》いた。すると、その男は答えず、また後ろに立っている男にうかがいを立てるような視線を送った。

屈強な男達に囲まれ、一人だけやや細身ながら眼光の鋭い男がいる。どうやら彼がこの連中を束ねているらしい。男は狭い店内をざっと見渡すと、あとからついて入ってきた三人の若い連中に言った。

「お前らはテーブルで気兼ねなくやれ。俺はカウンターで飲む。木島《きじま》、つき合え」

ひどくピリピリとした空気をまとっているくせに、彼の声は意外にも穏やかで、耳に心地のよい深い響きを持っていた。

最初に店に入ってきた巨体の男は軽く頭を下げると、低い声で答える。

「お伴《とも》させていただきます」

二人が並んでカウンター席に腰かけた背後で、それまで店にいたサラリーマンがコソコソと逃げるように勘定をすませて出ていく。

店の中にはマスターと雪洋、そして五人のヤクザ者だけになってしまった。

雪洋の顔に緊張が走る。こういう連中が飲むのは、きれいどころの揃った高級なバーだと思っていた。

バイトを始めて一週間もたたないうちにこんな客と遭遇するなんて、不運なんだろうか。それとも、ここでは日常茶飯事なんだろうか。

雪洋がチラリとマスターを見れば、彼もまた戸惑いを隠せないままに、氷や酒のボトルをテーブルに運んでいる。どうやら、こんなことはこの店でも珍しいことらしい。

雪洋は自分の運の悪さに舌打ちをしたい気持ちを押し隠し、カウンターに座った二人の男にたずねる。

「何になさいますか？」

自分の声が少しうわずっているような気がする。それでもできるだけ冷静を装っていたつもりだった。

「岡林さんはバーボンのロックでよろしいですか？」

カウンターで飲むことを誘われた、木島という屈強な男が確認をとる。その問いに岡林と呼ばれた男が黙って頷く。

「バーボンのロックをダブルで」

雪洋は短く返事をすると、カウンターの後ろの棚からワイルドターキーのボトルを取った。手早く氷を割ってグラスに入れ、そこにバーボンをそそぐ。雪洋の瞳の色に似た琥珀色の液体が氷と溶け合い、淡いグラデーションを作る。

まずは岡林という男の前にグラスを差し出し、続いて木島の前に置く。

そのとき見るとはなしに、岡林という男を観察した。

横に座る木島という男よりは一回り小柄である。それでも、百七十三ほどある雪洋よりは十センチばかり高いと思う。

彫りが深く、端整な目鼻立ちをしており、その表情から漂っているのは粗野な印象ではなく、むしろ知性だった。そこが他の連中とは明らかに違っている。

落ち着いた色合いのスーツは、高価な仕立てのものであることはチラッと見ただけでもわかった。ネクタイのセンスもいい。

全体的にヤクザとは思えないほど洗練されているが、頬のこけ具合と、薄い唇に、この生業《なりわい》ならではの冷酷さが見て取れる。

雪洋の差し出したグラスを持った手は、一切の肉体労働を知らないようなきれいな手だった。指が長く、爪の手入れもされている。

なぜこんな連中が突然この店にやってきたんだろう。

マスターはわけもわからず困惑しているばかり。それは雪洋にしても同じだが、だからと言って、さっきの客達のように逃げ出すわけにもいかない。

こうなったら、この連中がつまらない店だと愛想を尽かし、早々に引き上げてくれるまでバーテンとして空気のような存在になりきるまでだ。

マスターに言われる前にさっさとつまみを用意する。といっても、ショットバーに毛が生えた程度の店だから、つまみはナッツとかチョコレートのような乾き物しかない。それらをクリスタルの小皿に入れ、カウンターに置いた。

その瞬間だった。雪洋の手首がつかまれる。つかんだのは岡林の手だ。

「なっ…」

とっさのことに雪洋は息を呑んだ。何か粗相でもしたかと肝が冷える。が、岡林は雪洋の手をつかんだまま言った。

「きれいな男だな…。お前、もしかしてホモとか、ゲイとかいうやつか?」

テーブル席から笑い声が聞こえる。雪洋の女のような容貌を揶揄《やゆ》しているのだ。

いつの間にかカウンターの中へと逃げ込んでいたマスターが、横でハラハラしているのがわかる。

それでも、カッとなった雪洋は自分を抑えることができなかった。岡林の手を振りほどき、低い声で言う。

「あいにくですが、俺はストレートですし、ここはそういう類《たぐい》の店ではありませんから」

自分の容貌が多くの女性の、そして、ある種の男達の興味を引いているのは知っている。けれど、そんな彼らの興味が、すべて好意的なものとは限らないこともまたわかっている。

雪洋の美貌に興味を持つ人間の中には、その顔を苦痛や苦悩で曇らせてやりたいと思う嗜虐的な人間がいるのも確かなのだ。

それは、幼少の頃から周りの人間に愛されたのと同じだけ、わけもなく意地の悪い真似をされてきた雪洋が、本能的に悟った現実だ。

だから、このときも雪洋は警戒心を強めて、相手の視線をしっかりと見つめ返した。自分の怯《おび》えに気づかれれば、相手はますますつけいってくると思ったから。

そんな雪洋の虚勢を見透かすように薄い唇を少し歪《ゆが》めて笑うと、岡林は雪洋の手を離して言った。

「ほぉ、そういう類の店というのは、どういう意味かな？」

まるで自分の大物ぶりをアピールするかのような、やたら間延びした動作や口調が気に障る。

その横で木島が、息を潜めてことの顚末《てんまつ》をうかがっている。岡林の命令があれば、この男は瞬時に雪洋に殴りかかるんだろう。それくらい気配に隙がない。

そうとわかっていても、雪洋は言わずにはいられなかった。

ヤクザ者なんかに自分の容姿をとやかく言われる筋合いはない。そんな無謀ともいえる強気が体の奥にくすぶっていた。

「男がお好きなら他の店で飲めばいいでしょう。ここは酒を飲ませるだけの店です」

「ゆ、雪洋君、ちょっと…」

マスターが慌てて雪洋を諌《いさ》めようとしたが、言葉が続かない。

雪洋自身、言葉がきつかったかもしれないと思ったが、もうあとには引けない。

それに不躾《ぶしつけ》で失礼な質問をしたのは相手の方なのだ。いくらヤクザでも最低限の礼儀やモラルは持っているだろう。

雪洋は言葉にならない緊張とともに、カウンターを挟んで岡林と対峙していた。

「俺は男が好きなように見えるのか？　なぁ、木島、どう思う？」

「いえ、けしてそんなことはありません。なにしろ銀座じゃ、はらってもはらっても女が寄ってくるほどの方ですから、岡林さんは…」

確かに岡林というのはいい男だ。雪洋も同性ながらそれは認める。顔やセンスがいいだけじゃなく、何より羽振りもよさそうだ。

銀座じゃ女が寄ってくるかもしれないが、こんな場末の女もいない店には彼の魅力もなんの役にも立っていない。

ちやほやされて、いい気分で飲みたいなら、今からでもさっさと銀座へいけと言いたかった。だが、岡林は木島の言葉にも嬉しそうな顔をするでもなく、眉一つ動かさずに訊いた。

「おい、お前、名前はなんていうんだ？」

「沢田《さわだ》です」

精一杯の強がりで気丈に答えながらも、雪洋の胃はキリキリと痛んでいたし、頬は引きつっていた。

「下の名前は？」

「雪洋です」

「どんな字を書く？」

「降る雪に、太平洋の洋です」

まるで意味がないと思える会話が続く。

「そうか…、雪洋か。いい名前だな。ちょっとこっちへ出てこないか」

そう言われて、雪洋の体に冷や汗がざっと流れ落ちた。心配と困惑で歪むマスターの顔が視線の端に入る。

その顔を見たとき、自分が撒《ま》いた種は自分で刈り取らなければと思った。震える足を叱《しか》りつけ、カウンターからフロアへと出ていく。

「雪洋」

いきなり名前を呼び捨てにすると、岡林は雪洋の肩に手を回した。ギクッと体を硬直させて、身を引こうとした瞬間だった。胸元に固い拳《こぶし》がすごい勢いで飛んできた。

「ひぃーっ！」

マスターの悲鳴が雪洋の耳に届く。

叫びたいのは雪洋の方だったが、急激に襲ってきた痛みに「うぐっ」という低い呻《うめ》き声が漏れただけだった。

一見細身に見えた岡林のどこにそんな力があったのだろう。

そんなことを考えている間に二発目が頬に入り、雪洋の体はすっ飛び、狭い店の扉近くまで転がる。

そのとき、カウンターにあったグラスが一緒に吹っ飛んで割れ、その破片が雪洋の右の頬をざっくりと引き裂いた。

多量の血が流れ落ち、借り物の白いシャツがみるみる赤く染まる。そして、喉がゴボゴボと嫌な音を立てた直後、切れた口の中からも大量の血が溢れだした。

「うわっ！　なんてことをっ！」

叫ぶマスターの声。まったくだと思ったまま、雪洋の意識がほんの一瞬途切れた。

「しまったな。顔に傷をつけるつもりはなかったんだが…」

岡林がボソリと呟きながら、自分の拳を見つめている姿が霞んでいる。

このまま気を失ってしまうのかと思ったが、悪夢はそれだけでは終わらなかった。

「木島、こいつを立たせろ」

岡林の言葉に従う木島に、髪と二の腕をつかまれてその場に無理矢理立たされる。足に力が入らず、流れ落ちる血もそのままに、ふらふらと体が揺れていた。

そんな雪洋の顎に手を持ってきた岡林が、少し目を細めるようにしてじっとこちらを見つめている。今度殴られたら確実に意識が吹っ飛ぶだろうと思った。それほどに岡林のパンチは強烈で、重い。

だが、いつまでたっても次の一発が飛んでこない。

それどころか、岡林はニヤリと唇を歪めて笑うと、囁《ささや》くように言った。

「どうしてくれるんだ？　久しぶりに興奮しちまったよ」

人を殴って興奮する人間は確かにいる。岡林もそういう残虐な人間なのかもしれない。

とんでもない男に噛みついてしまったと後悔してももう遅い。雪洋が半ばヤケクソな気分になっていると、彼の顔が近づいてくる。

ぎょっとして顔を背けようとしたが、木島に髪をつかまれていたままなので動けない。そんな雪洋の唇に岡林の唇が重なってきた。

「うっ…んんっ…」

あまりにも意外な出来事に、信じられないとばかり目を見開いてしまった。

なんでこんなことをされているのかわからない。胸も頬も痛いし、髪も痛い。でも、塞《ふさ》がれている唇が一番苦しい。

男なのに男にキスをされている。そんな異常な状況に困惑をしているのに、どうすることもできない自分がはがゆい。

そして、岡林の「興奮した」という言葉には、性的な意味を含んでいるのかと思うと、改めてゾッとした。

「くぅ……ぅ……っ」

何度か力無く首を横に振ると、ようやくその唇から解放された。が、今度はもっと嫌な言葉を聞いた。

「木島、こいつを机の上に伏せさせろ」

抵抗もできなくて、されるがままの雪洋は低い呻き声を漏らすことしかできない。

これ以上何をされるのかわからなくてひどく怯えているのと、傷が痛むのとで歯の根が合わなくてガチガチと鳴っている。

怖い。怖いけれど、逃げ出す力はない。

テーブルの上に上半身をうつ伏せに倒されたかと思うと、血塗《まみ》れのシャツを無理矢理はぎ取られた。

いてしまう。

そして、前に回した手で岡林は雪洋のズボンからベルトを引き抜き、なんのためらいもなく前を開
「や、やめて……くれ…」

かろうじて絞り出したその声は、岡林のとんでもない言葉にかき消された。

「気に入ったよ。男は初めてだが、お前ならいい」

そう言うなり、ズボンと下着を一緒に引き下ろされる。

素肌が人前に晒されていることに、息が止まりそうなくらいの羞恥《しゅうち》を感じた。だが、相変わらず木島の腕が自分の体を押さえつけているために、雪洋にはどうすることもできない。

「木島、しっかり押さえてろ」

岡林の命令をきき、木島の手にさらに力がこもるのがわかった。

「い、嫌だ…」

何をされるのかわかって、雪洋は吐き気をこらえながらも、口の中に溜まっていた血を吐き出すようにそう漏らした。

こんなところで、いきなりこんな目に遭うなんて信じられない。信じたくない。

見知らぬ人間の前であられもない姿にさせられたうえ、男に犯されるなんて、血塗れになるほど殴られるよりもよっぽど悪夢だと思った。

周りを取り囲む連中は、雪洋に対すると哀れみと、侮蔑、そしてそれ以上の好奇心をむき出しにしたままこちらを見下ろしている。

そんな彼らの視線で、これがまぎれもない現実の出来事なのだと思い知らされる。

マスターはカウンターの中から、この事態をどうすればいいのかわからずに、ただ雪洋が生け贄《にえ》のごとく犯されるのを息を潜めて見つめているばかりだった。

「これ以上怪我《けが》をしたくなかったら、じっとしてろよ。俺も要領がわからんからな」

そう言いながらも、岡林は雪洋の双丘を分け開くと、そばにあった酒の入ったグラスをひっくり返して奥の窄《すぼ》まりにかけた。

「あっ、ああーっ」

思わず高い声が漏れたのは、冷たさのせいだった。

「何もしないよりはましだろう」

そう言って、岡林は自分の前をくつろげると、雪洋の後ろに彼自身を押しつけてきた。

「いっ、痛いっ。嫌だっ…痛い…」

無理矢理なんてもんじゃなかった。こんな風なやり方をしたら雪洋も辛《つら》いが、岡林だって辛いだろうと思う。それでも、彼は止《や》めようとしない。

それどころか、彼のモノは驚くほどに固く、わずかな水の滴りを塗り込めるようにして器用に雪洋の中に入ってくる。

「ぐぅ…っ、ああっ…ああっ……」

岡林は周囲の目などまるでないも同じようにふるまっている。そして、雪洋もまた周囲の目を気にする余裕もなくなっていた。

木島は機械のような冷淡さで、こんな行為に眉を顰《ひそ》めるでもなく、また辱められている雪洋を笑うでもない。彼は本当に岡林に忠実な猛犬のようだった。

「く、苦しいっ…。やめて…くれ…っ」

岡林が自分の体の奥深くへと侵入してくるのを感じる。そのたびに起こる引きつるような痛みと不快感。雪洋はたまらずに掠《かす》れた悲鳴を漏らした。

殴られた傷が痛むばかりじゃなく、体の内部を抉《えぐ》られる痛みに呼吸は短くなり、目が眩《くら》んでいく。

こんな苦しさは言葉なんかにはならない。

もうこの痛みから解放されたい一心で、雪洋はうわごとのように呟いた。

「も、もう…やめて。助けて…」

誰に向かって言ったのかもわかっていなかった。

次の瞬間、体の奥にいっそうの圧迫感を感じて、腰が無意識に跳ね上がった。

そして、何度かの強引な抜き差しのあと、熱いものが打ちつけられる感覚があった。岡林がこの体

で欲望を満たしたのだとわかって泣きたくなった。

無造作に引き離される体。同時に木島の枷《かせ》も外れる。

「うっ…あっ…」

低い呻き声を漏らしただけで、雪洋はそのまま床に崩れ落ちた。

自分がどんな格好なのか、考える余裕もない。もう羞恥という感覚さえ失っていた。

ただ、この悪夢のような現実を信じたくないと、小さく首を横に振り続ける。見開いたままの目はたった今自分を蹂躙《じゅうりん》した男の姿を映していた。

「木島、飲み直しに行くぞ」

さっさと身繕いを整えると、岡林が言う。

周りで見ていた誰もが、岡林のしたことになんの疑問も抱いていないようだった。それどころか、その無謀さや大胆さに、驚嘆の目を向けているようにさえ見えた。

ドアに向かう岡林を見て、テーブルの周りを取り囲んでいた三人は一斉につき従う。そのうちの一人がさっと前に回って店の扉を開く。

夜のひんやりとした外気が流れ込むのを感じながら、雪洋は自分の体がボロキレのようになってしまったのを感じるばかりだった。

開かれた扉を出ていく岡林の姿をぼんやりと目で追う。その彼が、勘定をカウンターに置く木島に向かって言った。

「雪洋の顔と体はお前が責任をもって元に戻せ」

木島は頷くと同時に、きっぱりと答えた。

「はい、責任をもって…」

それが雪洋と岡林の出会いの夜だった。

◆
◆

大学を休学して入院している間に、季節はすっかり夏になってしまったらしい。

エアコンのきいている病室の中にいると実感はわかないが、見舞いにきた姉の額の汗を見たときに雪洋はそれを知らされた。

「雪ちゃん、これに懲りたら夜のバイトはほどほどにしてね。大学の授業料くらい、お姉ちゃんのお給料でなんとかするから」

このセリフを聞いたのは、入院してから確か三度目。

夜のバイトだけなら問題はなかった。

今回のことは自分の短気が起こした不始末だった。その結果、こんなことになってしまい、どれだけ反省しても、また後悔しても足りないと雪洋自身が自覚している。

ただ、あの岡林という男に手を握られた瞬間、まるで心臓までつかまれたような気がして怖かった。

顔のことをとやかく言われることなんてよくあることなのに、なぜかあのときはすごく不愉快だった。

他の誰に言われても気にならないことが、あの男にだけは言われたくないと思ったのだ。

同じ男として、格の違いを感じていたのかもしれない。だからよけいに反発したくなった。迎合して、あの場を受け流してしまえなかった自分の青くささが、いまさらのように嫌になる。

わずかな辛抱ができなかった結果がこれだ。ツケはあまりにも大きかった。

「でも、よかったわ。マスターがいい人で。ここの治療代も全部払ってくれたし、個室にまで入れてもらって、なんだか申し訳ないくらいね」

「よく知らないけど、こういう傷害向けの保険に入っていたらしいんだ」

これがマスターの自腹なら雪洋も素直に受けることはできなかっただろう。だが、全額保険から出ると言うので、あえて甘えさせてもらった。

気苦労のうえ、予定外の金の心配まで姉にさせるのはあまりにも不本意だったからだ。

そんな入院生活も一ヶ月近くになる。入院が長引いているのは、折れた肋骨《ろっこつ》の一本が危うく肺に刺さるところだったせいもある。が、それよりも頬の傷のためだった。

数年後には大学を卒業し就職活動をするのに、頬に派手な傷を残していてはまずいだろうといって、整形手術を受けさせられたのだ。

女じゃないから頬の傷くらい気にしないと言っても、マスターはきいてはくれなかった。とにかく黙って元通りの体になるまで治療を受けてくれというのである。

大学を休学するのは嫌だったが、そこまで言うマスターの好意を無にする気にもなれなかった。

「じゃ、雪ちゃん、洗濯物は持って帰るから。冷蔵庫にプリンがあるから食べてね」

姉はそう言い残すと病室を出ていった。せっかくの日曜にまで見舞いにこさせてしまってすまないと思う。

きっとこれから婚約者の小山内《おさない》とデートなのだろう。

いつもより華やかなワンピースと、微かに香ってきたコロンに、今が彼女にとって人生で最も美しく輝いているときなのだと思い知る。

そんな楽しい時間を、自分のために割いてもらわなければならないのが少し情けなかった。

両親が揃って出かけた町内の慰安旅行で事故に遭い、他界したのが六年前。姉はそれを機に大学を中退して建築事務所に就職した。雪洋が高校に上がる年のことだった。

あの頃から姉にはどのくらい苦労をかけてきたかわからない。

雪洋も高校時代からバイトに励んでいたが、姉の薦めに甘えて大学まで進み、いつも申し訳なく思っていた。本当なら男の自分こそが働いて、姉を支えなければいけないというのに…。

だが、それを口にするたびに返ってくる姉の言葉は決まっていた。

『だって、雪ちゃんは男の子なんだから、学歴がなくちゃ出世もできないでしょ。成績だっていいんだし、ちゃんと勉強してほしいのよ。お姉ちゃんなら大丈夫。お母さんに似て美人だから、ちゃんといい人を見つけてお嫁にいきます』

冗談でそう言って、苦労を愚痴ることもなく働き続けていた。

そうして、去年の暮れに小山内一《はじめ》という一級建築士と知り合い、結婚を前提としたつき合いを始めている。

姉には誰よりも幸せになってほしい。今まで苦労してきた分、そのたおやかな容貌に似合った優雅な結婚生活を送ってほしい。きっと小山内なら姉を幸せにしてくれるだろう。

姉が結婚すれば雪洋は今のアパートを出て、一人で部屋を借りて暮らすつもりだった。そのためにも金がいるというのに、ようやく見つけたバイト先でこんなことになってしまうなんて。そればかりか…、あんなことにまで…。

(最悪だよ…)

殴られ、怪我をしたというだけなら、仕方がないとまだあきらめもついただろう。けれど、雪洋の傷はそれだけじゃない。

男にこの体をいいようにされてしまった。あの屈辱感はどうしても拭《ぬぐ》いきれない。姉にはもちろん言えないし、マスターは店の営業のこともあるので、警察への被害届けは出したくないという。ここの治療費を支払う条件には、実はそのことも含まれていた。

雪洋としてもこれ以上店に迷惑をかけたくもないし、警察で根ほり葉ほりあのときのことを訊かれるのも辛い。事情聴取で好奇の目に晒されるなんて、耐え難いことだった。

だから、あのことはもう忘れてしまうしかない。自分の心の中でしっかりと封印してしまい、二度と思い出さずにいたい。

今は入院生活を送りながら、体の傷の治療をしているというよりも、むしろ心の傷を癒しているようなものだった。

とにかく、時間に縋《すが》ってこの辛いときを乗り越えるしかないと思っていた。そして、退院する頃には、少し物事を前向きに考えられるようになっていればいいと思う。

雪洋がぼんやりと先のことを考えながら、夏の日差しの降りそそぐ窓辺を眺めていたときだった。

短いノックのあとに、いきなり病室の扉が開いた。てっきり、姉が戻ってきたのかと思った雪洋が振り返る。

「何？　忘れ物でもした？」

そう言いながら、扉の方を見たとき自分の心臓が凍りつくのがわかった。

「な、なんで…」

「岡林さん、こちらです」

あの夜と同じように、先に入ってきたのは屈強な体つきで、どこか陰鬱《いんうつ》な雰囲気を漂わせた男、木島であった。夏にダークカラーのスーツがまるで死神のような印象だ。

その背後に岡林が現れ、雪洋はベッドの上で微かな目眩《めまい》を感じる。どうしてこの連中がここにやってくるのか、わけがわからない。

「雪洋、具合はどうだ？」

岡林はまるで十年来の知り合いのような、あるいは親しい身内に対するような気軽さで雪洋の名を呼び、具合をたずねる。

呆然として口がきけないでいる雪洋のそばに彼が立った。

淡いグリーンの麻のスーツをきっちりと着こなしていて、どこかで雑誌の撮影でもしてきたかのようだった。

ただし、その身の周りを包んでいるのはあの夜と同じ、近寄りがたい張りつめた空気。見ているだけでも息が詰まるような威圧感がある。

が出てこない。

　雪洋の脳裏にあのときの強烈な痛みが蘇ってきた。口の中がカラカラに渇き、息を呑んだまま言葉が出てこない。

　岡林は木島の名前を呼ぶと、くいっと尖《とが》った顎を外へと向けた。それを見て、木島は黙って頭を下げると、そのまま病室を出ていく。

　病室に二人きりで残された雪洋は、傷を負った野良猫のように警戒心に満ちた目で岡林を睨む。視線を逸《そ》らすと、その瞬間にまた岡林の拳が飛んできそうで恐ろしかった。

「傷ついた目をしているな。どうだ、怪我の具合はだいぶよくなったか?」

「な、なんであんたがここへくるんだ…?」

　ようやく口から出た言葉はそれだけだった。

「この病院を木島に手配させたのは俺だからな。ここの整形外科医は腕がいいそうだ。頬の傷も完全に消えるだろう」

「そ、そんな…」

　馬鹿なと言いたかった。が、雪洋はマスターの顔を思い浮かべて、一瞬のうちにすべてを納得した。

　雪洋が治療費や入院費を自分で払うと言ったときの慌て方は、今思えば尋常ではなかった。まるで雪洋がきちんと治療を受けてくれなければ、自分が困るのだという様子だった。

　いくらマスターがいい人で、今回のことに責任を感じていたとしても、ここまでのことをしてくれる義理はないはず。それに、そもそも金には細かい男だった。

それだけじゃない。こういうトラブルのときのために保険に入っていたと言っていたが、その金を受け取るには、当然警察への被害届が必要なはずだ。マスターは営業停止を恐れて、それをしていない。

どうしてそんな当たり前のことを、簡単に受け流してしまっていたんだろう。

弱っていた心と、傷ついた体。そして、姉に心配と苦労をかけたくないという思いから、普段の冷静な判断力がなくなっていたように思えた。

だが、後悔してももう遅い。

雪洋に有無を言わせずに治療を受けさせて、治療が終わりかけた頃に顔を出し、真実を語ってみせる。すべてはこの岡林の差し金どおりになってしまった。

「あんた、どういうつもりだよ」

一瞬、岡林に対する怒りが恐怖心を凌駕《りょうが》した。そんな雪洋の視線を受けて、岡林は微かに唇を歪ませて笑った。

「その目の方がいいぞ。お前がそういう目をすると、その、なんだな。よくわからんが、ねじ伏せたくなる。あのときもそうだった…」

その一言で雪洋の体が再び恐怖を思い出した。今度ばかりはその恐怖に押しつぶされそうな気がして、思わず視線を逸らす。

「雪洋…」

岡林が雪洋の名前を呼ぶ。そう呼び捨てにするのが当たり前のように。

「雪洋、雪洋と気安く呼ぶな。あんたなんかに呼び捨てにされる覚えはない」

そう叫んだ声は震えていた。

相手はまるで違った常識の中で生きているヤクザ者だ。こんな奴に治療費や入院費を払わせてしまっていたなんて、どうしたらいいのかわからなくなる。

あの夜、たまたま客としてやってきたこの男に、ほんの数週間で人生そのものを取り込まれてしまったような気分だった。

どこにでもいる貧乏学生の自分に、なぜこうまでして係わってくるんだろう。

あの夜の雪洋の言葉が気に障ったというのなら、そのカタはもうすでについているんじゃないのか。

雪洋の肋骨を折り、頬に無惨な傷をつけただけでは気がすまないとでも言うのだろうか？

岡林が白いリノリウムの床を音も立てずに歩き、さらに近くまでやってきた。スマートで、相変わらず隙のない身のこなしだった。長い腕が伸びて、雪洋の二の腕がつかまれる。

「くぅ…」

掠れた悲鳴が漏れ、雪洋の体が硬直する。

しかし、あの夜と違って拳は飛んではこない。代わりに白く長い指が雪洋の顎をつかまえた。無理矢理に背けた顔を上に持ち上げられる。

そのとき、ハラハラと冷たいものが自分の頬を伝うのを感じた。気づかぬうちに目尻に溜まっていた涙がこぼれ落ちていたのだ。そんな雪洋を見て岡林がたずねる。

「なぜ泣く？」

怖いからだ。岡林という男が怖かった。ヤクザという別の世界の生き物が怖かった。癒え切らぬ体と心が、全身で怯えていた。

暴力はここまで人を怯えさせるものなんだろうか。何一つ後ろめたいことのない人間の、尊厳そのものまでを捻《ひね》り潰《つぶ》すほどに、暴力とは破壊的なものなんだろうか。

「男のくせに泣くな」

岡林は苦虫を噛み潰したような顔で、ボソリと呟いた。

「あんたが泣かせてるんだろっ」

雪洋はしゃくりあげるように言い返す。

「そうか…。だが、他の男の前では泣くなよ。お前は泣いた方が色っぽいからな。他の奴がよからぬ気を起こしたら面倒だ」

勝手なことを言うなと、自分の顎をつかんでいる岡林の手を振り払おうとした。

だが、それをさせずに岡林は自分の唇を雪洋の唇に押しつけてくる。

「やっ…」

やめろと言うつもりが言葉にならず、開きかけた唇に岡林の舌がすばやく潜り込んできた。その舌を噛もうとしたが、できなかった。やはりこの男が怖い。

こんな真似をされても、その舌を噛むこともできないほどに怯えている自分が惨めだった。せめてもの抵抗として、両手で岡林の腕や胸を叩き続けた。

そんな雪洋の拳を鬱陶《うっとう》しそうに払うと、髪を鷲づかみにされ、さらに顔を上げさせられた。角度を変えてまた唇が深く重なってくる。

その間にも片手は雪洋の夏物のパジャマの中へと潜り込んでくる。

店で無理矢理キスされたときと同じように、強引なキスだった。でも、あのときよりももっと深くまで雪洋の口の中をまさぐってくる。

微かな煙草の香りと、息苦しさに目眩を感じた頃、ようやく岡林の唇が雪洋の唇から離れていった。その唇の間に唾液の糸が繋《つな》がっているのを見て、雪洋が大きく身を仰け反らせた。まるで、濃厚な口づけであったことを知らしめられたような気がして、改めて怒りが込み上げてくる。

「どうして…、どうしてこんなことをすんだよ。俺は違うって言っただろっ！　男に興味はないんだ。あんただって女に不自由してないって言ってたじゃないかっ」

パジャマの袖で唇を力一杯拭いながら、雪洋が怒鳴った。

「さて、どうしてかな？　俺にもよくわからんのだ。女には不自由していない。男にも興味はない。が、お前には興味があるらしい。昔からの癖でな、ほしいものは手に入れないと気がすまないんだ。そんなものは滅多《めった》にないんだが、お前はほしい」

正気とは思えない岡林の言いぐさに、雪洋はどう反応すればいいのかわからない。

「ほしい」と言われて、「そうですか」と差し出せるものなら、この際なんでもくれてやる。それでこのわけのわからない男ときれいさっぱり見知らぬ他人になれるなら、大抵のものはおしくはないと思った。

しかし、それが雪洋自身とあっては差し出したくても差し出せない。そもそも男にどうやって自分を差し出せというのだろう。

あんな風にまた自分を抱くつもりなんだろうか。そんなことは耐えられない。岡林がそうでないように、雪洋もまた同性愛者ではないのだから。

「おい、着ているものを脱げ。お前の体が見たい」

当然の権利のようにそう命令する。雪洋は無言のままパジャマの前をかき合わせるようにして、それを拒む。

「入院を長引かせたいのか？」

それも嫌だと首を横に振る。

二人の視線が緊張をはらんで絡み合う。それはほんの数秒のことだったのかもしれない。だが、雪洋には数分にも感じられる決断の時間だった。

ゆっくりとパジャマを握り締めていた手を離し、胃のあたりにネジ切れるような痛みを感じながらボタンに手をかけた。

一つ一つ外していく間、岡林は無言でじっとその仕草を見つめていた。

ようやくすべてのボタンを外し終えて、パジャマの上を肩からスルリと落とすように脱いだ。つい先日までコルセットで固められていた、筋肉の落ちた胸が露《あらわ》になる。

この夏に入ってからほとんど外には出ていないので、日焼けを知らない肌は自分でも情けなくなるほどに白かった。

「下も脱げ。下着もだ。全部見せろ」

「た、頼むから…。それは…」

勘弁してほしいと言いかけたら、岡林の鋭い視線が雪洋を無言のまま見据えた。冷たくて、容赦のない、残酷な視線だった。

息が止まりそうな思いを味わいながら、結局は彼の言葉に従うしかないのだと思い知らされる。

ベッドの上で少し腰を浮かしてパジャマ下と下着を一緒に下ろしてしまう。そして、せめてこれが自分の本意ではないのだと相手に知らしめるように、乱暴に足でそれらを足首から抜きさった。

昼の日差しの差し込む病室で裸になることを強要され、逆らうこともできない自分。ベッドの上で身動きもできずにいると、岡林の手でシーツをまくられた。

「足を開け」

その言葉にビクッと体を震わせた雪洋が、揃えて伸ばしていた足をほんの少しだけ開いた。

「もっと大きく開け。俺によく見えるようにしろ」

これでもかと雪洋を屈辱で打ちのめしていく岡林の命令。言われたとおり足を開けば、今度は自分の手でペニスを握れと言われ、腰を浮かせろと言われ、縮み上がっていた二つの袋まで手に取れと言われた。

「なるほどな…」

それからも胸や腹などをじっくり嘗《な》め回すように見たあと、岡林はそんな言葉を漏らした。それがどういう意味なのかはわからないが、とにかく恥ずかしさに頭がどうにかなりそうだった。

「あの夜はちゃんとお前の体を見ずにすませてしまったが、顔だけじゃなくお前はそんなところまできれいにできているんだな。悪くない…」

要するに雪洋の体をじっくりと吟味したかったらしい。満足したように薄笑みを浮かべているのを見て、悔しさのあまり全身が震えた。

そんな震えを隠そうと、足下のシーツを引っ張り上げたとき岡林が言った。

「退院したらすぐに俺のところへこい。木島にいって必要なものは揃えさせる」

その強引な口振りに、さすがに雪洋も面と向かって反論せずにはいられなかった。

「冗談じゃない。そんな命令がきけるもんかっ！」

そう叫ぶと、今まで岡林の威圧的な態度に怯えていた自分自身を叱咤《しった》するように手を振り上げる。

「こんな病院、今すぐ出ていってやる。傷なんかもうどうなってもいい。女じゃないんだから、顔なんか関係ないっ」

まだ抜糸のすまない頬の傷に張られたガーゼを一気に剥《は》がすと、雪洋は下腹に力を込めて縫い目に爪を立てようとした。

「姉さんの名前は深雪《みゆき》だったな…」

雪洋の手が止まった。

「深い雪か。お前も姉さんも『雪』の字がつくところをみると、北国の生まれか？」

確かに両親の出身地は仙台にほど近い地方都市だ。雪洋が八つのとき、父親の仕事の関係で東京に移り住み、それ以来親戚縁者とのつき合いは途絶えた。

「なかなかの美人だな。お前によく似ている。今は地味な会社勤めのようだが、なんならもう少し景気のいい仕事を紹介してもいいぞ。あの見てくれなら充分に稼げる。ここの入院費くらいすぐに返してもらえそうだ」

「なっ、何言ってるんだ…？　調べたのか？　俺達のことを調べたんだな？」

それに答えるように、岡林はさらに言葉を続ける。

「姉さんはこの秋には結婚して、小山内深雪になるんだろう？　両親を亡くしてからは大学を中退して、働いて雪洋を大学に行かせてくれた。いい姉さんじゃないか。幸せになってほしくないのか？」

「くっそ…。汚いぞ。脅迫すんのかっ？」

岡林はクックッと喉を鳴らして低い声で笑う。まるで雪洋の反応を見て、楽しんでいるようだった。

雪洋は、唇を強く噛み締めて岡林を睨みつけることしかできない。

「せっかく治りかけているんだ、大事にしろ。姉さんの結婚式に傷を残して出席したら、あちらの親族に悪い噂がたつぞ。それとも何か、お前は姉さんの結婚話を潰したいのか？　それならうちの若い者を二、三人式場に送り込んでも構わんが」

冗談じゃない。姉がやっとつかもうとしている幸せをこんな奴らに台無しにさせるわけにはいかない。

「姉さんが嫁ぐ前に、お前も今のアパートを引き払って俺のところへくればすべて丸くおさまる。大学へは俺のところから通えばいい」

岡林は雪洋の何もかもを調べ尽くしているのだ。

絶望という言葉を身をもって経験するのは初めてだった。両親が死んだときでさえ、これほどに暗《あん》澹《たん》たる気持ちを味わいはしなかったと思う。

そのとき、病室のドアがノックされ、木島が遠慮がちに顔を出した。

「申し訳ありません。岡林さん、例の件で新居浜《にいはま》組から連絡が入りまして…」

黙って頷くと、岡林は雪洋の頬をそっと撫でた。

「あとは木島にまかせておく。お前はちゃんと養生して俺のところへくるんだ、わかったな」

打ちのめされたようにベッドでうなだれる雪洋にそう言うと、背を向けてつけ加えた。

「雪洋、大学はT理工大だったな。学べるうちにしっかり学んでおけよ」

大きなお世話だと思った。ヤクザ者なんかに大学のことをとやかく言われたくはない。雪洋は岡林の背に向かって精一杯侮蔑の視線を投げてやる。

「あそこはいい大学だ。なにしろ俺の母校だからな」

「えっ…」

雪洋が驚いて顔を上げた瞬間、岡林が後ろ手に病室の扉を閉めた。

入れ替わるように入ってきていた木島が見舞いの包みを手に、したり顔で薄笑みを浮かべているのが憎らしい。雪洋は子どものようにふてくされてシーツを引っ張ると、頭から被《かぶ》る。

「ご挨拶が遅れました。岡林代行の下で働いております木島と申します。これから雪洋さんのお世話はわたしの仕事となります。何かありましたら、なんなりと申しつけて下さい」

あの夜とはうって変わった木島の口調に、雪洋は自分が戻ることも、逃げ出すこともかなわない深い奈落へと落ちていくのを感じていた。

噛み締めた唇から鉄の味が広がる。

自分の唇を噛み切るくらいなら、どうしてあのとき岡林の舌を噛み切ってやらなかったんだろう。

後悔のあまり嗚咽《おえつ》が洩《も》れる。

木島が気をきかせたのか、病室に備えつけられている有線放送のスイッチを入れた。

岡林の金で入っているとはいえ、今だけはここが個室でよかったと思う雪洋だった。

◆◆

雪洋の退院の日、病院に迎えにきたのは木島と、その下で働く若い男だった。

若いといっても、雪洋よりは年上に見えた。特殊な世界で生きているためか、妙に世慣れしている感じがある。

ただ、タレ気味の愛嬌のある目は人好きがするし、後ろにピッチリと撫でつけた髪型も、背伸びが見えているのがおかしかった。

「これは若松《わかまつ》といいます。わたしの手がないときには申し訳ありませんが、これになんなりと言いつけてください」

木島が短く若松を紹介した。若松もきっちりと頭を下げる。雪洋は何も言わず、彼と視線を合わせることもしなかった。

姉の深雪にどう言い含めたものか、雪洋は退院と同時に岡林のマンションで暮らすことになっていた。

木島と若松によって黒塗りの車に乗せられると、否応《いやおう》なしに岡林のマンションへと連れられていく。途中、車が信号で止まるたび、何度ドアを開けて飛び降りてやろうと思ったかわからない。けれど、自分が逃げ出すことにより、姉の身に万が一のことがあったらと思うと、結局はそれもできなかった。

やがて、都内の一等地にある外国人向けのマンションの前で車が止まった。

車を地下の駐車場へと入れてくるという若松を残し、木島に促されて雪洋はエントランスの前で車を降りる。

建物は十階建てで、モダンなデザインが目を引く。

大理石を敷き詰めたホールを抜けて、エレベーターで最上階に上がり、廊下に出てみれば目の前に監視用のモニターの設置されたドアが一つあるだけだった。このフロアすべてが岡林の所有する部屋になっているらしい。

木島がインターホンの横のナンバーボードに暗証番号を打ち込み、ドアを開けた。

「どうぞ、こちらです」

未《いま》だに戸惑いを拭いきれない雪洋を視線で追い立てるようにして、広いリビングへと案内する。そこに岡林の姿が見あたらないのを確認して、雪洋はとりあえずホッと胸を撫で下ろした。

「あ、あいつは…？」

岡林のことなど知りたくもないが、だからといって何も情報がないのは不安で、そうたずねた。木島は雪洋の言葉に少し表情を曇らせたが、すぐに低い落ち着いた声で答える。

「岡林さんは抜けられない仕事がありまして。退院の日に寂しいかと思いますが、どうか辛抱してください」

「寂しいだって？　冗談じゃないっ！　あいつの顔なんか見たくもないね」

雪洋が吐き捨てるように言うと、木島の片眉が少しつり上がったのがわかった。

巨漢で見る者に威圧感を与えずにはおかない木島だが、雪洋の退院の日まで足繁く病院に通っていた彼が、非常に辛抱強い男だということも知っている。

そして、彼はどんなときも岡林の命令には飼い慣らされた犬のように忠実だ。岡林が雪洋の世話をしろと言った限り、何があっても雪洋を傷つける真似はしない。だからこそ、こんなぞんざいな口もきけるのだ。

二人がそんなやりとりをしているところに、車を駐車場に入れてきた若松がやってきた。

部屋の中に流れている緊迫した雰囲気を察し、若松はここにいてもいいものかと様子をうかがいながら立っている。

木島は若松に向かって軽く顎をしゃくり、部屋から出ていろと命令する。

「じゃ、お、俺、ちょっと風呂の掃除でもしてきます」

そう言って、リビングを飛び出していった。それから、木島はおもむろに雪洋に向かって話しはじめる。

「差し出がましいようですが、岡林さんは雪洋さんが思っている以上にすごい人です。おいおい理解していただけると思いますが、とりあえず『あいつ』呼ばわりだけはやめてください。若い者にも示しがつきませんので…」

そう言われても、素直に「はい、わかりました」と頷ける雪洋でもない。

「俺はこれからどうなるんだ?」

雪洋は窓際にたたずみ、地上十階から外の景色を見つめたまま呟いた。

「岡林さんも追ってお戻りになる予定です。夜にはいきつけの店を予約してありますので、まずはゆっくりと二人で食事でもして…」

木島は今日の予定を淡々と語り出した。だが、雪洋はその言葉を聞いてはいない。

こんなことが起こるまで、貧しいながらも姉と二人で平和に暮らしていた。

もうあのアパートに戻ることもかなわない。木島が勝手に運送屋を手配し、雪洋の荷物をすべて岡林のマンションに運んでしまい、部屋を引きはらってしまった。

姉はすでに婚約者の小山内と同居を始めていて、最後の見舞いにきたときにはすっかり岡林を信頼しきっていた。

『よかったわね。これでお姉ちゃんも安心よ。岡林さんって大学の先輩なんでしょ。大手の不動産会社にお勤めだって言ってたわ。名刺を頂いたのよ。「光陽興業《こうようこうぎょう》」ってよく聞く名前よね』

どんな言葉と態度に騙《だま》されたのかわからないが、ニコニコと笑ってそう言う姉に、雪洋は泣き笑いにも似た表情で頷くしかなかった。

法もモラルも関係ないところで生きている人間の、手段を選ばないしたたかさを嫌というほど思い知らされていた。

彼らは雪洋や、姉の深雪のような社会的弱者を小指の先で捻り潰すこともできるのだ。

自分が虫けらのように扱われるのだって我慢できることではないが、自分のせいで姉が不幸になるのはもっと我慢がならなかった。だから、結局はこうするしかない。

岡林の目的は本当に自分の体なのか、あるいは他にも何か理由があるのか未だにわからない。それが雪洋にとっては一番の不安であり、本当に自分はこれからどうなるんだろうと、心の中でもう一度自問する。

木島にチラリと視線をやれば、まだ今夜の予定を説明し続けている。

いずれにしても、この乗りかかった船から自分の意志で降りることはできないのだ。

雪洋は立っていることに疲れて、窓のそばにあったソファに腰かけた。

「それから、岡林さんがいないところで、個人的に意見するのは気がすすまないのですが…」

これからの予定を説明しおえた木島が、そう言葉を続ける。

「雪洋さんにしてみれば、いろいろと不本意なこともあるとは思いますが、岡林さんは本気です。ですから、カタギのあなたにはそれ相当の覚悟を決めていただくことになります」

勝手な言いぐさだ。岡林はそれでよくても、雪洋にしてみれば冗談じゃない。

「ご存じかもしれませんが、我々の世界では親が白と言えばカラスも白いというのがしきたりです。親の言うことは絶対です。そして、岡林さんは我々にとっては親も同然なんです」

そのアナクロニズムに雪洋はげんなりとして、耳を塞ぎたくなった。

「とはいえ、男である雪洋さんを『伴侶』として迎えようというのには、さすがにわたしも驚きましたが…」

木島の言葉に雪洋は敏感に反応して、その言葉を遮った。

「あんたまで本気で言ってるのか？　だいたい『伴侶』ってなんだよ。どう考えても間違ってるだろ。結婚したいなら、女とすればいいじゃないか。男の俺に、どうやってあいつと一緒になれっていうんだよ？」

雪洋がまた岡林のことを「あいつ」と呼んだことに、木島はほんの一瞬だけきつい視線を投げかけてきた。だが、すぐに感情を押し殺すようにして言った。

「すべては岡林さんが決めたことですから」

岡林と同様、木島にもまた何を言っても無駄で、まともな話など通じないのだと思った雪洋は、皮肉な笑みを浮かべて言った。

「側近として、心から反対してほしかったよ、自分の親に」

雪洋の言葉を苦々しく思っているんだろうが、今度はそれをおくびにも出さずにいる。

岡林のためなら、どこまでも自分を殺し、自制する。こういう業界の人間は皆血の気が盛んで、すぐに激しやすいものだと思っていたが、木島のような例外もいるようだ。

「若い者はどうとでもなります。岡林さんに心酔している者が多いですから。ただ、問題は本家です」

「本家？」

その言葉に、雪洋が首を傾《かし》げてたずね返してしまう。

木島の軽くもない口がいつになく饒舌《じょうぜつ》だ。岡林のことを語るのは、彼にとっても誇らしいことのようだった。

「現在、岡林さんが仕切る白神組《しらかみ》は関東では新興勢力です。元は光倫会《こうりん》系戸田《とだ》組という由緒ある博徒《ばくと》でしたが、西からきた岡林さんがそれを乗っ取り、組を取り仕切っているわけです。表向きは客分として代行の名目になっていますが、実質は組長であると考えてもらって結構です」

博徒だの、代行だのと言われてもよくわからないが、とにかくこの世界ではかなりの大物であるらしいことはわかった。

「西からって、彼は東京の人間じゃないのか?」

言葉にいっさいの訛《なま》りがないので、まったく気づかなかった。

「岡林さんは、日本でも最大の構成員を有する関西橋口《はしぐち》組九代目の三男です。ただし、正妻の子ではありません。本家には正妻の子である、義理の兄にあたる方が二人いらっしゃいます。ただ、そのお二人とは幼少の頃から折り合いが悪く、岡林さんが関西に留《とど》まることにはいろいろと問題があったんです」

ありそうな話だが、それがヤクザの世界のこととなると、なんだか聞いているだけで血生臭い。

橋口組を出て一人関東に進出した岡林は、本家も期待していなかったほどの手際のよさで旧戸田組を乗っ取ったという。そして、愛人の子である岡林が優秀であればあるほど、本家からの圧力は強くなった。

「まして岡林さんはこの世界では珍しい大学出ですから。それも半端な大学じゃありませんのでね。いや、大学の話は私などがする必要はないでしょうが。何しろ雪洋さんの先輩にあたるわけですから…」

そこだけは木島も雪洋を見て少し表情を弛《ゆる》める。

「その本家にいずれは挨拶にいかねばなりません。そのときのためにも、少々岡林さんの立場をご理解いただいて、雪洋さんにも覚悟していただきたいと思っております」

雪洋は答えなかった。答えようがなかったのだ。

岡林は、雪洋をその本家とやらにどんな風に紹介するつもりなんだろうか。

いきなりこんなマンションで男と一緒に暮らせと言われるだけでも納得できない。それればかりか、岡林は自分の体もろともほしいと言っているのだ。

男の自分に「妻」になれと言われても、簡単に納得などできるはずもない。

よしんば誰にも言わず、ただ同棲をするのでさえ耐えられそうにない相手なのに、今は「本家」だの、「組」だのと説明されても理解できない。そんなことについて考える気にもなれない。

「本当に俺はどうなるんだ…？」

雪洋は重い溜息とともにそうこぼした。

知りたいのは今夜の予定なんかじゃない。

岡林という男に出会い、これからの自分の人生がどうなってしまうのかということが知りたいのだ。


玄関のインターホンが鳴った。

その音を聞いて雪洋はビクッと体を震わせる。木島がすぐさま玄関に向かった。リビングに一人残され、雪洋の顔に緊張が走る。

夏らしい高温多湿の気候はおきまりの夕立を連れてきていた。

雪洋は大粒の雨が十階の窓を叩くのを見つめながら、唇を噛み締める。はるか遠くでは雷鳴も響いている。

ほどよくきいたエアコンは、外の湿度を完全に遮断していた。にもかかわらず、今にも岡林がこの場にくるかと思うと、背中に冷たい汗が流れ落ちていくような気がする。

ジーンズとTシャツという身軽な服装でありながら、全身に重い鎧《よろい》でも身につけているような錯覚に陥る。

緊張と不安、焦燥と憤懣《ふんまん》、それ以外にも様々な感情が入り乱れ、鉛のようにこの体にのしかかってくるのだ。

岡林に会いたくない。何を考えているのかわからないあの男が、単純に怖い。一度痛めつけられた経験が全身を萎縮させる。

だが、その反面、会ってその胸ぐらをつかみ、雪洋の人生を拘束する理由を聞き出したいとも思う。彼の常識を逸脱した行為のすべてをなじってやりたい気持ちもあるのだ。そんな葛藤《かっとう》の中で、雪洋はイライラと爪を噛む。

玄関の扉が開く気配がして、雪洋は慌ててソファから立ち上がった。

もちろん、岡林を出迎えるためではない。何かあったときには、素早くこの身をかわせるようにだった。

すでに檻《おり》の中にいる身とはいえ、ゆったりソファに座ってあの男を出迎えるほど肝が座っているわけでも、開き直れるわけでもない。

リビングのガラス扉が開き、深い緑色のスーツを着た岡林が姿を現した。岡林の視線が窓際に立つ雪洋をとらえると、少しだけ頬を弛めて言った。

「自分の部屋のインターホンを鳴らすというのは、なんだか奇妙な気分だな。もっとも、出迎えが木島じゃ色気がないがな」

この部屋で岡林を待つ身だった者は、過去にはいないということらしい。

けれど、そんなことを聞かされても、雪洋にとってはなんの救いにもなりはしない。ただ、木島だけが微かに苦笑を浮かべていた。

「お疲れさまでした。新居浜組の方はいかがでしたか？」

木島の問いに、上着を脱いで手渡しながら岡林が答える。

「ああ、お前の手をわずらわせなくても、若い者がちゃんとやってくれたぞ」

そんな言葉に木島が深々と頭を下げる。

「だいたい新居浜は知恵がなさすぎる。あれじゃ俺でなくても、いずれは誰かに潰されていただろうな。とりあえず、俺の方で頭は叩いておいた。残党は約五十ほどだ。全部うちで取り込むから、そのつもりで動け」

そう言うと、リビングの隅にいる雪洋に今一度視線を向けてくる。

「あれでも同じ男とはな…」

「はっ？」

岡林の呟いた言葉に木島が聞き返した。

「たるんだ腹、くぼんだ眼孔、知恵を持たない見苦しい多汗症のブタだったよ、新居浜の親父はな。まったく、あんな奴と雪洋が同じ男だと思うと不思議でな」

やはり呟くように言った岡林の言葉に、雪洋は微かな嫌悪感を覚える。

たとえそれが岡林なりの誉め言葉だったとしても、自分の容姿が見知らぬ誰かと比較されているのがなんとなく不快だった。

「雪洋、俺はたった今敵対する新居浜という組を一つ潰してきたところだ。といっても、お前には関係ないことだと思うかもしれんが、これが俺の仕事だ。本来なら木島を同伴させるんだが、お前の退院の日だからこちらの面倒を頼んだ」

だから、恩にきろとでも言いたいんだろうか。雪洋はそっぽを向いて、自分の視界から岡林を締め出すというささやかな抵抗をしてみせた。

そんな雪洋の態度にも、別段気を悪くした様子もみせずにたずねる。

「どうだ、何か不自由はないか？　部屋にはだいたいのものを揃えておいたが、他に必要なものがあれば言ってみろ」

雪洋が相変わらずそっぽを向いて黙っていると、岡林がまるで聞き分けのない子どもに対するような溜息を漏らす。

そこへ風呂掃除を終えたらしい若松がいそいそと挨拶をしに現れた。若松を見ると、岡林がチラリと視線を投げかけて言う。

「お前、若松といったな。木島が選んだなら間違いはないと思うが、しっかり働けよ」

「は、はい。責任もって雪洋さんのお世話をさせていただきますっ」

若松は岡林を目の前にして、緊張しているのか、直立不動のまま声をうわずらせて答える。そばで聞いていた雪洋にしてみれば、居たたまれない気分だった。

誰の世話もいるものか、子どもじゃあるまいしと怒鳴りたいが、奇妙な男同士の連帯感の輪の中に雪洋だけが入っていけずにいる。

そして、調子にのった若松が膝を割り深々と頭を下げると言った。

「あの、本当にこのたびはおめでとうございましたっ」

この祝辞はもちろん、雪洋という伴侶を得たことに対するものなのだろう。すると、岡林は少し照れた笑みを口の端に浮かべる。

あまり表情を露にしない男だと思っていたのに、こんな顔もできるのかとぎょっとした。若松はそんな意外な岡林の表情にうっとりと見惚《と》れている。

だが、次の瞬間には岡林の甘い表情は消える。そして、いつものように何を考えているのか人には悟らせない顔で、たった今潰してきたという新居浜組の処理について木島と話をしていた。

巧みだと思った。男をも惚れ惚れとさせる男っぷりで、その着こなしも、身のこなしもスマートだ。そのうえ人の心をとらえる術《すべ》を知っている。

この関東で今や飛ぶ鳥を落とす勢いでその勢力を伸ばしつつあるというのも、そんな岡林の人としての魅力に負う部分があるんじゃないかと思った。いわゆる「カリスマ」というやつだ。

岡林は若松が用意したコーヒーを飲みながら、ソファで木島とひととおりの打ち合わせを終えると、立ち上がった。

「木島、今日はもういい。ご苦労だったな。今夜はこれで若松と、下にいる連中を連れて適当に遊んでこい」

そう言って、岡林は木島の胸ポケットに薄くもない札束をねじ込んでいた。

「ありがとうございます。例のレストランは七時に予約してありますので…」

木島はもう一度深々と頭を下げると、巨体とは似つかわしくない猫のような足どりで部屋を出ていく。その後ろを若松が落ち着きのない足どりでひょこひょこと跳ねるようについていった。

二人がいなくなると、岡林は胸元のネクタイを弛め、ゆっくりと窓辺の雪洋のところへと近づいてくる。

雪洋は身を固くしてじっと岡林を見据えていた。

たとえ瞬き一つにしろ、何か行動を起こせば、その瞬間に岡林が驚くべきスピードで飛びかかってくるような気がして動けない。

「雪洋、久しぶりだな…」

目の前に岡林の厚くたくましい胸が近づく。上目遣いに彼を睨みながら、雪洋は拳を固く握り締めた。

「頬の傷は治ったか？　見せてみろ」

言うが早いか、岡林の手が雪洋の顎にかかり、顔を持ち上げられた。

岡林がじっくりと見ている雪洋の頬には、まだ白い筋が一本走っているはず。だが、それも数週間できれいに消えてなくなると医者には言われていた。

「この傷痕《あと》をなぞるのを楽しみにしていたんだ。どうやらあの病院の評判は嘘じゃないらしいな。これなら一ヶ月もすればほとんどわからなくなるだろう」

岡林はどこか残忍な匂いを漂わせながらも甘い笑みを浮かべ、雪洋の頬を撫で上げる。自分で傷つけておきながらよく言えるもんだと思った。

「どうした、寒いのか？　エアコンがききすぎているか？　俺は外から帰ってきたばかりだからちょうどいいが…」

そう言われて、雪洋は自分の体が小刻みに震えていることに気がついた。

「髪が伸びたな。店で会って以来ずっと切っていないのか？」

答えを求めるように岡林に軽く髪を引っ張られて、仕方なく頷いてみせた。

「そうか。後ろはそのまま伸ばしてもいいぞ。お前は長い髪も似合うだろう。ただ前髪は切れ。せっかくのきれいな顔が見えん」

いきなり命令されて、ハッと自分の立場を思い出す。

雪洋は岡林の手を払い退《の》けてやる。次の瞬間、雪洋の体に岡林の両手が回り、きついくらいに抱き締められた。

「嫌だ、何するんだよ。離せっ！」

叫んでもその腕の力は緩まない。それどころか、より一層きつく抱き締めると、岡林が言った。

「今日、組の連中につれ合いができたことを伝えた。俺が所帯を持ったことを皆喜んでくれているようだ。もっとも、雪洋が男だと知っているのはまだ木島と若松だけだがな。しばらくは厄介なこともあるが、我慢してくれ。何かあったら俺か木島に言えばいい。悪いようにはしない」

岡林の言葉に、雪洋はカッと体中の血が逆流するのを感じた。

「あんた、本気で俺を囲う気かよ。俺にあんたの女の代わりをしろっていうのか？」

「女の代わりとして扱うつもりはない」

「だったらなんなんだよっ。所帯ってのはどういう意味だよ」

「バシタだ。俺の伴侶ということだ。だから一緒に住む。これからお前の面倒はすべて俺がみる」

メチャクチャだと思った。男同士でつれ合いだ？　所帯だ？　伴侶だ？　ばかばかしいにもほどがある。

興奮のあまり目眩を感じ、雪洋は岡林の腕の中で一瞬全身の力を失い、思わず身をあずける形となった。

それをどう受け取ったのか、岡林は雪洋の唇に自分の唇を重ねようと近づけてくる。

キスをされると思った瞬間、雪洋は渾身の力を込めて相手の体を突き放した。

岡林が油断していたのか、あるいはわざと手を離したのか、おそらくその両方だろう。意外にもあっさりとその腕をすり抜け、雪洋は広いリビングの反対の端まで走って逃げた。

「雪洋…」

岡林が少し咎《とが》めるような口調で名前を呼んだ。

「俺は嫌だ。認めないからな。なんで俺があんたの女にならなきゃなんないんだよっ。そんなのありかよ。俺が何をしたっていうんだよ。もう、いい加減にしてくれよ。あんた脳味噌イカレちまってるよ。どっか壊れてるよ」

雪洋は今までの沈黙から堰《せき》を切ったように、必死に怒鳴った。

声を張り上げて言えば、岡林が自分の行動の不自然さに気づいてくれるのではないかと願っている、そんな精一杯の叫びだった。

だが、岡林は怯《ひる》むこともないし、考え直す様子など微塵《みじん》もみせない。それどころか、自信を持ってきっぱりと言う。

「俺は戯《ざ》れ言も冗談も言ってないぞ。こい、雪洋。手荒な真似をする気はないが、あんまり手こずらせるようなら、今度は入院しない程度に泣いてもらうぞ」

岡林の脅し文句を聞き、雪洋の全身にじわじわと恐怖が広がっていく。

木島よりは小柄だが、それでも充分にたくましい体。その顔には知性が浮き彫りになっているから、一見暴力とは無縁のような印象がある。

けれど、あれほど厳《いか》めしい体と顔つきの木島には感じられない、胃がネジ切れるような威圧感を岡林は持っているのだ。そして、それは酷《ひど》く残虐な匂いを発している。

（この男はきっと何人もの人間を殺している。彼自身の手で、それも残虐な方法で…）

雪洋は直感した。岡林はどんな残忍な行為も、眉一つ動かすことなくやってのける人間だと思った。

人は「暴力」や「死」に直面したとき、たとえそれが他人の痛みであっても当然のように怯える。自らの肉体が同じ危機に晒されたときのことを想像するからだ。

映像や写真で見る残虐な行為は人を興奮させることもあるが、それはあくまでも自分は対岸にいて、安全であるという確証のもとに感じる興奮なのだ。

しかし、岡林という人間は違う。彼は目の前のどんな残虐な行為にも臆しない。人の痛みを自分のものとして仮定することなどないのだ。だからこそ、薄笑みを浮かべてどこまでも残虐になれる。

そんな岡林が発する残虐な香りは周りの人間を圧倒する。雪洋もまたその威圧のうねりに飲み込まれ、恐怖のあまり青ざめていた。

雪洋は小さく首を左右に振りはじめた。

言葉ではなく、体と動作で岡林を拒む意志を露にする。そして、それは段々と大きな動きとなり、やがては悲鳴とともに身を翻《ひるがえ》す。

リビングの扉へと駆け寄り、この場から逃れようと必死になる。なりふりなど構っていられない。

「嫌っ、嫌だ…っ」

怯えが足の先まで伝わり、ヨロヨロと駆けていると岡林が大きな足どりでリビングの扉の前へと立ちはだかった。

「ひっ…」

雪洋の悲鳴が途切れた。

岡林は捕まえた雪洋の体を反転させ、その喉元に手をかけると、リビングのガラス扉に押しつけてくる。

ガラスの扉に縫いとめられた雪洋は身動きができなくなってしまった。

「あっ…ああ…あう…」

呻き声を上げて身を捩《よじ》る。恐怖で全開になった瞳孔が岡林の顔を映し出していた。

言葉にならない呻き声を漏らしながら、それでも岡林から視線を外せない。

あの夜、突然自分の目の前に現れ、そして、今は自分のすべてを支配しようとしている男。彼が何者なのか、どういう立場の人間なのか、雪洋には関係ない。

ただ、この押しつけられた状況が許せない。こんな自分は自分じゃない。そんな思いで岡林に向かって言った。

「こ、こんなのは、絶対に嫌だ…」

「俺を拒むな」

岡林は少しばかり気まずそうに、だが、はっきりとした声で言った。

「だって…。もう、本当に嫌なんだ…。あんなのは間違ってるよ。できない、無理だ…」

雪洋は、泣き出しそうな気持ちを必死でこらえながらそう訴えた。

「お前は俺のものだ…」

岡林の言葉に、目の前が真っ暗になる。

どうして、そんな風に言えるのかわからない。どうして、彼はそんな風に自分を支配しようとするんだろう。いったい自分の何に彼はこんなにも固執しているんだろう。

冷静に考えなければと思う反面、追い立てられるような恐怖が困惑と苛立《いらだ》ちを生み、また雪洋を追いつめていく。

人生の修羅場を何度もくぐり抜けてきた人間の前で、自分がどれほどちっぽけな存在かを知らしめられる気分だった。

だから、精一杯口にできることは、悪態と懇願だけだった。

「あんたなんか嫌いだよ。もう、俺のこと苦しめるの、やめてくれよ…」

「だから責任は取ると言ってるだろう。お前は何も心配しなくていい。俺のそばにいて、自分のやりたいことをやればいい。それの何が不満だ？」

「嫌だ。あんたなんかといたくない。俺のあばらを折ったくせにっ。頬だって痛かったんだから…。そのうえ今度は女になれなんてメチャクチャだよ。あんた、頭が変なんだよ。あんたなんか大嫌いなんだからっ！」

恐怖も度を越すと感情のコントロールを失うらしい。雪洋は駄々っ子のように叫びながら、喚《わめ》き散らした。

すると、いきなりパシンと軽い平手が飛んできた。

「あうっ…」

打たれた頬を押さえて、壊れた人形のように雪洋は数センチ飛び上がる。

それが傷を負っていた方の頬だと気づいて、すぐにカッとなった。満身の力を込めて岡林の頬を打ち返そうとしたが、あっさりと止められる。

「雪洋、図にのるなよ。まだ完全に俺のバシタになったわけじゃない。今からお前を抱く。そうすればもうお前は俺のモノだ。誰にも文句は言わせない」

そんな言葉を聞いて、あのときの屈辱と恐怖を思い出し、雪洋は嫌だと首を必死で横に振ってみせた。

「お前も知っているだろ。俺も男とやるのは慣れているわけじゃない。だが、これは儀式だ。少しくらい苦しくても我慢しろ」

「抱く」という具体的な言葉が岡林の口から出て、岡林は本気で自分を女のように扱うつもりなのだと今改めて思い知らされた。

逃げようとした、喚き、叫びもしたし、暴れてもみた。八方手を尽くしたが、結局こういうことになってしまうしかないんだろうか。

雪洋はひどい脱力感に、腰が砕けていくのを感じていた。そんな雪洋を抱え上げるようにして、岡林は寝室へと向かう。

震える体を捩り、力の入らない握り拳で背を打って最後の抵抗をしてみたが、やっぱり無駄だった。やがて自分の体は、寝室のベッドの上へと投げ出されてしまう。

「い、嫌だからなっ。そんなの、俺は認めないから…」

震える声でそう言いながら、それでもまだこの部屋から逃げ出す方法はないかと、落ち着かない視線を周囲に巡らせる。

モスグリーンとグレイで統一された寝室は余計な家具や装飾品がない。ぽつんと置かれた引き出し付きのサイドテーブルと、窓際のカウチ。そして、背の高いルームライトがまるでホテルの一室のようだった。

次の瞬間、ベッドの上で身を翻す間もなく岡林の体が重なってきた。

最後まで抵抗を止めない雪洋に業を煮やしたように、岡林は自分のベルトを引き抜くと、あっという間に両手を後ろ手に縛りつけた。

その力の強さと、手際のよさに、雪洋はシーツに埋められた顔を上げることもできなかった。

Tシャツが音を立てて引き裂かれる。そして、次には迷いもなくジーンズに手がかかる。ボタンを外し、前を開かれ、一気に下着とともに膝まで脱がされた。ほとんど同時に体をいったん返されて、股間が岡林の目の前に晒される。

膝と手を使って大きく割り開かれた股間が恐怖に縮み上がっていた。

それを見た岡林の顔に残酷な笑みが浮かぶ。雪洋は恐怖の上に、強烈な羞恥まで味わって、もうなけなしのプライドも捨てた。

「嫌だっ、嫌だ。怖いっ。勘弁してっ！　他のことなら何でもするから、頼むから、抱かれるのは嫌だっ」

そんな懇願にも聞く耳を持たず、岡林は少しだけ雪洋のペニスに触れた。

「悪いが、お前のを可愛がるのはあとだ。とにかく俺を受け入れろ」

そう言うと、挿入が楽なように雪洋をうつ伏せにして押さえつける。

膝で雪洋の背を力一杯押さえつけたまま、岡林はサイドテーブルの引き出しに手を伸ばし、中からチューブ状のものを取り出した。

それが何かなどと考える余裕もないまま、雪洋の双丘の割れ目に冷たいものが塗りつけられた。

「や、やめろっ。気持ち悪い…」

「男同士だと、こういうものを使えばいいそうだ。これで、お前もこの間よりは少しは楽になるだろう」

そんなことを言われても、安堵《あんど》などできるわけもない。

あのときの苦痛を、この体は嫌というほど覚えている。

気持ち悪さに、ただひたすら呻き声を洩らす。が、次の瞬間、それは絶叫に変わった。

岡林が二度、三度、自分の固く太いペニスを雪洋の窄まりに擦りつけるようにしたあと、強引に押し入ってきたのだ。

「ああーっ、あっ、あぅーっ」

脳天を突くような激痛だった。入り口が引きつり、熱を持ったようにジンジンと痺《しび》れている。

あのときと同じだけれど、あのときとは違う。

体中を痛めつけられて、声すらもまともにでなかったあの夜とは違い、今は腹の底から苦痛を喚き散らすことができる。

「い、嫌ーっ、嫌だっ！　やめてぇ！　抜いてっ、痛い、痛いっ！」

子どものように叫びまくった。そうすることによって、もしかして近隣の誰かが気づいてくれはしないかという一縷《いちる》の望みを抱いていた。

「叫んでどうにかなると思ってるのか？　俺は構わんがな。お前が喚けば、それだけお前を手に入れた実感が湧いてくる」

「そ、そんな…」

だが、岡林の言うとおりだった。

叫んだところで、どうにもなりはしない。このフロアに他の居住者はいない。自分がここでどんなに泣いても、叫んでも、どこからも救いの手は伸びてこないのだ。

声を上げれば上げるほど、岡林を喜ばせてしまうのかと思うと、悔しくて喚き散らす声もトーンダウンしてしまう。

それを観念したのだと思った岡林は、ゆっくりと体を動かしはじめた。

「ううっ…くぅ…」

入り口の部分に擦り切れるような痛みを覚える。中はたまらなく熱くて、圧迫感に内臓が口元までせり上がってくるような錯覚に陥る。

「も、もう、嫌だ…。抜いて…。こ、こんなの…ないよ…」

岡林は慰めの言葉の一つもかけず、ひたすら雪洋の中を擦り上げる。ただ自らが放出するため、そして、この儀式を完結させるために。

「やめてよ…。怖いよ…。痛いから、痛いから…早く、抜いてよ…」

雪洋の口から漏れる言葉は、直接的な懇願になっていく。力でねじ伏せられる現実に、精神と言葉がどんどん幼くなっていくようだった。

膝下に絡むジーンズと下着、ベルトで縛り上げられた両手、シーツへと押しつけられる顔面。持ち上げられた尻。

男であることはすでにもぎ取られ、もちろん女でもない。今の自分はただの肉だ。擦られ、打ち込まれ、使われている、ただそれだけの存在。

肉壁が引きつるような痛みはやがて消えていったが、下腹に突き刺さるような鈍痛は何度も何度も繰り返される。

雪洋は掠れた声で、ただすすり泣き続ける。

「お姉ちゃん…、助けて…。痛いよ、痛いっ。体が、壊れる…」

縋るように姉を呼んだら、髪をつかまれて顔を引き上げられた。

「お前は俺に縋れっ。他はみんな忘れてしまえっ。俺にだけ縋って生きていけばいいんだ」

まるで嫉妬にも似た岡林の叫びを聞いても、雪洋はただただ首を横に振り、幼児にかえったままの口調で、意識を失うまで姉の名を呼び続けた。

◆◆

岡林が「儀式」という名で雪洋を犯してから、三日が経った。

必死で忘れようとしていた悪夢は、今一度雪洋に現実の過酷さを知らしめてくれた。

それでなくても、一ヶ月におよぶ入院生活ですっかり体力は落ちていた。そこに受けた仕打ちはあまりにも惨《むご》くて、雪洋はこの三日間ろくに食事もできなければ、一人で満足に歩き回ることもできなかったのだ。

あの夜は、最後の最後に雪洋も岡林の手によってようやく解放へと導かれたが、それまでに三度の無体な性交を強いられた。

一度目はわけもわからず、ただ強引に挿入され、ひたすら岡林が果てるまで痛みに耐えていた。

二度目は体を返され、大きく割られた足を高く持ち上げられて、抜き差しを繰り返された。

その圧迫感に自然と涙がこぼれ落ち、雪洋は何度も息を詰まらせた。それでも、岡林はけして許してくれることはなかった。

もう雪洋が完全に抵抗する気力も体力もなくなった頃、ようやく後ろ手に縛っていたベルトを外してくれたが、もう一度貫かれて、股間を彼の手で執拗に擦り上げられた。

恐怖に縮み上がっていた雪洋のモノは、射精さえも岡林に無理強いされるように、ドロリと白濁を吐き出した。そして、そのまま完全に力尽き、意識が遠のいてしまった。

それからのことは覚えていない。目を覚ましたら朝になっていて、自分用にあてがわれた部屋のベッドに横たわっていた。

あれ以来、心はすっかり涸《か》れてしまっていた。

岡林をなじる元気も、罵《ののし》る気力もない。

世の中には、こうして理不尽な悪夢に人生をすくい取られる運のない人間もいるのだと、思い知らされるばかりだった。そして、自分は見事にその貧乏籤《くじ》を引き当ててしまったのだ。

姉のことを考えると岡林には逆らえないという大義名分はある。けれど、実際のところは己の身の可愛さで雪洋はすっかり従順になっていた。

誰も皆この平和な日本で、本当の「痛み」や「暴力」を知らずに生きている。

雪洋だって、あの夜岡林に出会わなければ、「痛み」も「暴力」も小説や映画の中だけのこととして、平穏な日々を送っていたに違いない。でも、今はその悲しい恐怖を知っている。

やっと起き上がれるようになると、雪洋はあてがわれた部屋で机に向かうようになった。

すっかり遅れてしまった勉学に追われているのだ。

夏休みが明ければ、休学して受け損ねた前期試験の追試もあるし、レポートの提出もたまっている。

ノートに向かっていてもすぐに思考が散漫になってしまう。集中力が以前に比べてずいぶん劣っているような気がする。

雪洋はシャープペンを投げ出すと、椅子を立って窓辺に寄った。

地上十階からの贅沢《ぜいたく》な鳥瞰図《ちょうかんず》を眺めながら、未だに下半身に残っている鈍痛の不快さを意識する。

岡林に犯された夜の悲惨さを思い出すと、羞恥や憤怒《ふんぬ》など様々な感情が千千《ちぢ》に入り乱れて、心臓に強烈な圧迫感を感じる。

そんな胸の痛みを抑えようと、雪洋は大きく息を吸った。

そのとき、部屋の扉がノックされた。振り返ると、扉の隙間から若松がひょっこりと顔を出している。

「あの、お邪魔していいっすか？」

この三日間というもの、部屋の中を歩くのさえ不自由だった雪洋の世話をしているのはこの若松だ。

それは、こんな状況でこの部屋にいるのでなければ、恐縮してしまうような献身的なものだった。

雪洋は何も言わずに窓の方に向き直る。

若松は雪洋より二つ年上の二十二歳。それでも、雪洋に対して慣れない丁寧な言葉を使う。木島にそのように指示されているらしい。

「勉強の方ははかどってますか？　雪洋さんの邪魔をしないように言われてるんですけど、紅茶を入れましたから飲んでください」

そう言って、若松はトレイに載った紅茶とケーキを机の上に置いた。

「じゃ、俺は向こうにいますんで、何かあったら呼んでください」

そう言い残すと、若松は雪洋の部屋を出ていこうとした。

「おい、ちょっと待てよ…。あっ、いや、待ってください」

雪洋は若松の方が年上であることを思い出して、慌てて言葉を改めた。

「はっ？　なんでしょうか？」

「ねぇ、その話し方、やめてくれませんか」

「雪洋さんこそ、俺なんかに丁寧な言葉遣いをされると困るんですが…」

お互いに奇妙な遠慮があって、どうも会話がうまく進まない。

困ったように見つめ合っていたが、やがて二人はどちらからともなくプッと噴き出した。なんだか久しぶりに笑った気がする。

「雪洋さんっていうのはやめてよ。雪洋でいいよ。若松さんの方が年上だし、ここではずっと先輩なんだから」

「そんなこと言われても、いや、言われましても、代行の身内の方を呼び捨てにするわけにはいかないです」

それでも頑《かたく》なに、若松は一歩引いた形で会話を続けようとした。

「ねぇ、若松さん、下の名前はなんていうの？」

「はぁ？　明《あきら》ですが…」

「じゃさ、明って呼んでいい？　年上の人を呼び捨てにするんだから、明も俺のことを呼び捨てにしてよ。雪洋でいいから」

雪洋は未だに傷の癒えない翳《かげ》りのある顔に、微かな無邪気さを浮かべて言った。

「いや～、それはちょっと、勘弁してくださいよ。もし木島の兄貴にばれたりしたら俺、指詰めもんですから…」

そんなことくらいで指を詰めなければならないなんて、あり得ないだろうと思う。が、若松が真面目な顔で言っているのを見て、満更大げさな話でもないのかと思った。

だとしたら、やっぱりこの世界はとんでもない。

「なら、二人だけのときはそうしてよ。そうしてくれなきゃ、俺、命令しなきゃならなくなるよ。だから頼むよ。さんづけはやめてほしい」

雪洋は切実に訴えた。

この三日間、明は献身的に雪洋に尽くしてくれた。彼としては岡林に尽くしているという気持ちなのだろうが、それでも雪洋は彼に感謝していた。

二十二の明は、カタギの世界なら社会人になったばかりか、あるいは気楽な学生の身だ。もっと自分に対して我侭《わがまま》に生きていてもいい頃なのだ。

自ら望んで極道の世界に入ったのかもしれないが、それでも自分より二つも年下の雪洋のご機嫌をうかがいながら、お茶の用意しているのは見ていてやりきれない。

「じゃ、二人のときだけって約束でお願いしますよ。俺、本当に木島の兄貴に言われてるんですから…」

「なんて？」

「雪洋さんは、いや、雪洋…でいいっすか？　とにかく代行のバシタだから、何かあったら指一本ですむと思うなって…」

なんとも言いにくそうに明は雪洋を呼び捨てにした。

「バシタってのは、つまり奥さんのことをいうんだろ。そんなの、俺は知らないから。ただ無理矢理ここに住めって言われて、ここから大学に通えって言われただけだ…」

雪洋は無駄とは知りつつも、心の底にこびりついているプライドだけで見栄を張る。そんな雪洋を見つめながら、明はただ曖昧《あいまい》に笑うだけだった。

それから二人はたわいもない、年相応の話をした。

生きている世界があまりにも違いすぎるので、共通の話題を探すのにしばらく時間がかかったが、やがて互いの知らない世界の話を聞くことに楽しみを見いだした。

雪洋は大学で学んでいるロボット工学の話をし、バイトをしてパソコンを買いたいと思っていると話せば、明はこんな世界にいるおかげで分不相応な高級な女を抱いたりもできるが、本当は将来を誓った彼女がいると打ち明けてくれた。

年の近い明と話していると、ふと自分が元の世界に戻れたような気がして、気がつけば笑い声さえ立てていた。

人間はなんともたくましい生き物だと思った。

あれほど打ちのめされ、すべての尊厳を奪われたと思っても、三日もたてば体の傷は少しずつ癒されてゆき、放ってあった学業が気になりだし、同じ年頃の青年と笑いながら世間話も交わせるのだ。

なんとなく互いに打ち解けて、明も自然に雪洋の名を呼び捨てにできるようになった頃、雪洋はおもむろに岡林のことをたずねた。

「あいつって、本当にホモじゃないのか？」

いきなり店で雪洋の手を握ったり、殴り飛ばしたかと思えば、無理矢理抱いて、今度は自分のマンションに囲うと言い出した。いっそ、ただのサディストのゲイと言ってもらった方が、はるかにすっきりと納得がいく。

けれど、明は慌てて首を横に振ると、噛みつくように怒鳴った。

「代行はすっげえ人なんだ。女なんかマジで掃いて捨てるほど寄ってくるんだぜ。知らないだろうけど、光倫会白神組の岡林っていえば、関東一円の極道はみんなビビっちまうんだ」

だから、岡林のお気に入りの、ましてや「バシタ」ともなれば、天下を取ったような態度で世間を渡り歩けるんだと言う。

木島もそんなことを言っていたが、明の口から聞かされてもやっぱり他人事《ひとごと》のようにしか思えない。

雪洋にとってはあくまでも岡林は岡林で、自分は自分だった。

「おまけに代行は西を牛耳る橋口組本家九代目の三男だ。ハンパじゃねぇんだよ。お前さぁ、マジでマズイって、『あいつ』は…。いくらバシタでもよぉ…」

勢いづいて言った明だが、思わず雪洋を「お前」呼ばわりしていたことに気づいて青ざめていた。

「すんませんっ！　俺、つい調子にのって雪洋さんのこと『お前』って…」

明は座っていたベッドから立ち上がり、オロオロとした様子で膝を割って深々と頭を下げる。

「いいよ、いいよ。謝らないでよ。『お前』って呼ばれた方がずっと気が楽だよ。二人だけのときはなんでもありでいこうよ」

雪洋はあまりの明の慌てぶりがおかしくて、笑いながらそう言った。

そんな態度をどう受け取ったのかはわからないが、明は嬉しそうに雪洋を見つめると、ニカッと笑い返す。

「俺、雪洋のこと、すっげぇいいと思うよ。さすが代行が選んだだけの人だよ。男なのにそのへんの女よりずっときれいだし、気持ちも優しいし、ぜんぜん偉ぶらないしな。それに、なんかわかんねぇけど、自分を持ってる感じがする。そういうの、すごくいいよな」

明なりに誉めてくれているんだろうが、それは雪洋にとって手放しで喜べる言葉ではなかった。

だから、曖昧な笑みを浮かべてみせると、明はさらに興奮したように言葉を続ける。

「俺さ、ずっとはぐれ者で、家族からも学校からも見放されてきた。小さい頃から自分の居場所が見つかんなくて、毎日不安だったんだ。でも、木島の兄貴に拾われて、やっと自分でもできることを教えてもらえて、代行に会ったときはまるで神様に会ったような気分だった。代行が神様なら、雪洋はマリア様だな」

さすがにそれは勘弁してくれと、雪洋は手を振ってみせた。それでも、明はすっかり自分の気持ちの中で盛り上がっている。

「俺、お前のことちゃんと守るからな。代行のためにも、お前のためにも、俺が必ず守りぬいてやるから…」

明は、もともと下がり気味の目尻をますます下げて、笑顔でそう告げる。

この世界のことを何も知らない雪洋には、明の「守る」という意味が理解できない。守ってもらわなければならないようなことが、自分の身の回りに起きるはずもない。岡林はヤクザでも、自分はただの一大学生なのだ。

「俺、自分のことは自分でできるよ。親が死んでから姉貴とずっと二人で暮らしてたから、なんでも自分でやってきたもの。でも、そう言ってもらえるのはなんだか嬉しいよ」

あまりにも危機感がない雪洋の受け答えに、明は呆れたような様子を見せながらも言った。

「じゃさ、雪洋は約束しろよ。代行のことは『あいつ』って呼ばないって」

「でも、なんて呼べばいいのかわからないよ。あいつ…じゃなくて、岡林さん？　代行って言えばいいのかな？　困ったな…」

雪洋が真剣に頭を悩ませていると、明はなぜか一人で照れている。

「おいおい、俺に訊かれても困るし…。そんなこと代行と相談してくれよ」

ハッとして、雪洋の顔が引きつる。

明にしてみれば、雪洋はあくまでも岡林のバシタなのだ。夫婦のことは夫婦で相談してくれと言われたようなもので、楽しかった会話はいきなり途切れてしまう。すると、思い出したように下半身に鈍痛が甦ってきた。

ふさいでいく雪洋の顔色をうかがい、明は挨拶もそこそこに、そそくさと席を立ち部屋を出ていってしまう。

雪洋は一人残された部屋で、爪を噛みながら考え込む。

どうして自分でなくてはならないのか？　どうして男同士でセックスをしなければならないのか？

どうしてこんな疑似夫婦の関係を持たなければならないのか？

岡林の行動はまったくといっていいほど理解できない。岡林はいったいどういう人生を歩んできた、どんな男なんだろう。

雪洋はベッドに横になり目を閉じる。

岡林の端整な、けれど、冷酷さが端々に滲《にじ》み出ている顔を思い浮かべているうちに、やがて愕然《がくぜん》とした。

自分はあの男のことをもっと知りたいと思っている。自分という人間の尊厳を根こそぎ奪っていった男について、憎しみと同時に好奇心が湧いてきているのだ。

周囲の人間はみな岡林という男のすごさを語って聞かせる。しかし、それが単なる誇張なのか、保身から出る言葉なのか、またはこの世界のしきたりなのか、雪洋にはわからない。

ただ、岡林は普通ではない。それだけはわかる。どこかが壊れていて、どこかが特出している。無謀でいて、そして、繊細な感じがする。

憎しみの気持ちは微塵も消えてはいない。が、それ以上に知りたい。岡林という人間を見極めてから、刺し違えても遅くはないという気持ちになっていた。

けして諦《あきら》めたわけじゃない。自分の人生をある日突然狂わされたこの現実を、仕方がないと諦めるのはまだ早い。

今は体の癒えとともに、少しずつ気力を取り戻していくしかない。

岡林に振り回されてたまるものかという意地だけで、雪洋はまた机へと向かった。極力普通の生活を送っていたい。岡林と自分では生きる世界が違うのだ。

夏休みが終われば今までどおり大学に戻る。体調が完全にもどったらまたバイトを探して、今度こそパソコンを買おう。それにいつでもこのマンションを出ていけるように、ある程度まとまった金だって用意しておきたい。

雑念をはらって雪洋は提出用のレポートに取り組む。

今夜は岡林が帰ってこなければいいと思う。明という友人ができた。普通の一日を普通のままに終わりたい。

自分は自分だ。たとえ力ずくで犯されたとしても、何も変わってはいない。そう信じている、信じたい雪洋だった。

◆◆

夏はゆっくりと時間を刻んでいた。

雪洋は自分の部屋の扉が開く音を聞いた。

(ああ、姉さん、今日は遅かったんだ…)

頬に机の固い感触がある。こんなところでうたた寝をしていたら、きっと小言を言われる。そう思っていても、ひどく眠くて起き上がる気にはなれない。

そのうち、母さんが生きていたときとそっくりな口調で、眠るならベッドへ行きなさい、風邪をひくからと言うんだろう。

雪洋は眠りながら微笑んでしまう。何かとても不安なことがあったような気がするが、この幸せな微睡《まどろ》みの中では思い出せない。

「眠るならベッドへ行け」

聞き慣れない声がして、ハッとして目を開く。

徐々に覚醒していった脳が、今の自分の認めたくない現実を把握していく。

姉のことは夢だったのだ。体を起こした雪洋がゆっくりと振り返ると、部屋の入り口に岡林が立っていた。

「勉強もいいが、眠るならベッドへ行け。風邪をひくぞ」

口調は全然違うが、言うことは姉と同じだ。

雪洋は、机の上に広げていたレポート用紙やテキストを重ねて揃える。

一日中冷房のきいた部屋にいたせいか、妙に体がだるい。

もっとも、それだけが理由ではないことはわかっている。昨夜も岡林に無体なまでに抱かれた体は疲れが抜けきらないのだ。

片づけを終えた雪洋は、ジーンズとTシャツのままだったが、構わずにベッドに転がり込む。岡林はまだそこに立ったままだ。

「眠いんだ。用がないなら出ていってよ」

うつ伏せたまま、投げ遣《や》りな口調で岡林に言う。

しばらくの沈黙のあと、パタンと扉の閉まる音がした。

ホッとした雪洋はシーツを引っ張って扉の方へ寝返りを打つ。その瞬間、目の前に岡林の膝があるのに気づいて息が止まるほど驚いた。

扉の閉まる音を聞いて、てっきり彼が出ていったものと勘違いしてしまったのだ。

「ど、どうして、まだいるんだよ。眠いって言ってるだろ」

「俺も疲れていたが、寝惚けているお前を見ているとほしくなった」

ゾッとして、雪洋は半身を起こしかけた。が、すかさず伸びてきた岡林の手によってまたベッドの上へと押さえつけられる。

「やめてよ…」

ひどく小さな声だった。

岡林の視線が、雪洋をベッドの上に縫いつけている。

胸に置かれた手にはたいして力がこもっていない。その手が雪洋のTシャツ越しにサラリとした感触を残しながら、少しずつ移動していく。

「服を脱げ」

雪洋は首を横に振る。

「また乱暴にされたいのか？」

雪洋の顔がくしゃっと歪んだ。

どうしてこの男の前に出るとこうなってしまうんだろう。まるで蛇に睨まれた蛙《かえる》そのものだった。

「い、嫌だよ。昨日ひどくされたから、まだ痛いんだ。無理だよ。できない…」

情けない言い訳だった。けれどそれで許してもらえるなら、その方がいい。

だが、岡林は容赦がなかった。珍しく目尻に皺《しわ》を寄せて笑ったかと思うと、意地の悪い口調で言った。

「それは俺が決める。服を脱げ。自分で脱いで足を開くんだ。そうすれば優しくしてやる」

雪洋の哀れな姿を見て、この状況を楽しんでいるのだ。そうして自らのネクタイを弛め、シャツの前をはだける。

どうしても逃げられないのなら、最初の夜みたいなのは嫌だ。

昨夜も我慢できずに抵抗して、結局は縛られて何度か頬をぶたれた。力に負けて、体は日々従順になっていく。

雪洋はベッドの縁に腰かけたままでノロノロとTシャツを脱ぎ、ジーンズに手をかけた。

少しでもあの苦痛と恥辱にまみれた時間を先送りしたい、それだけだった。岡林はすべてを承知の上で黙って雪洋の緩慢な動きを見つめている。

最後の一枚を脱ぎ捨てると、雪洋は岡林と視線を合わせずに俯《うつむ》く。

ひどく惨めな気分だった。自分だけが裸で、岡林はシャツの前をはだけただけなのだ。

「足を開け。それからベッドの上に乗せるんだ」

惨い要求に、雪洋は唇を噛み締める。

夕方、シャワーを浴びたとき、そっと触れた後ろの部分は、まだ少し熱を持って腫《は》れていた。おそらく赤く爛《ただ》れているだろうそこを、岡林の目に晒さなければならないのだ。

言われたとおり、足を開いてその部分を見せると、岡林が無表情なまま視線を投げる。

「少し腫れているようだな。だが、できないことはないだろう。お前のそこは近頃ずいぶんと柔軟になってきているからな」

そんな言われように、また悔しさが込み上げてきて涙がこぼれそうになったが、岡林に涙を見られるのが嫌でそれをこらえた。

泣き喚いてどうなる相手でもないことはわかっているし、これ以上自分の弱さをさらけ出すのも癪《しゃく》に障る。

「今日はまだ何も傷つけるようなことはしていないぞ。そんな泣きそうな顔をするな。それとも、また姉さんの名前でも呼ぶのか?」

雪洋は岡林の言葉にビクリと肩を震わせた。自分がいつ姉の名前を呼んだのだろう? 雪洋自身は覚えていない。

「俺に初めて抱かれたときに、泣きながら姉さんを呼んだんだ。覚えていないのか?」

初めてのときのことはほとんど覚えていない。でも、そんな子どものような真似をしたのなら最低だ。

「俺に抱かれながら、他の奴の名前を呼ぶんじゃない。たとえそれが実の姉の名前でも、これからは

許さん」

勝手な言いぐさだと思う。けれど、岡林の命令は絶対だった。

組ではおそらく相当強引であろうことは想像ができる。しかし、雪洋に対しては意外にも寛容な面もあった。

大学の先輩ということもあり、少なくとも大学生活と、勉学においては雪洋に完全な自由を保証してくれた。

ただ、ときどき思い立ったように食事に引っ張っていかれたり、ほしくもない高価なモノを買い与えられたりするくらい。

だが、その反面、夜の生活ではこうやってひどく理不尽なことを平気で命令してくる。雪洋は皮肉を込めた膨れっ面で聞き返した。

「じゃ、誰の名前を呼べっていうのさ？」

「俺の名前を呼べばいい」

そう言われて、少し考え込んでから呟いた。

「なんて呼べばいいのかわからない…」

自分を無理に抱いているのは岡林なのに、その彼の名前を呼んだところで救いの手が伸びてくるとは思えない。

ただ、明と約束したのだ。岡林のことをもう「あいつ」とは呼ばないと。だったら、なんと呼べばいいのか本当にわからないでいた。

「俺のことなら、祐司《ゆうじ》と呼べばいい。お前は俺のバシタだ。名前を呼んでかまわん」

そんな許可をもらっても嬉しくない。だが、呼ばなければどんな目に遭うかわからない。

「ゆ、祐司…さん…」

雪洋が声に出して呟くと、岡林は満足そうに片頬だけを吊り上げて器用に笑った。相変わらず残虐な印象の強い笑みだと思った。

「いい子だ。今夜はお前も存分に楽しませてやろう」

そう言うと、岡林は床に跪《ひざまず》いた。

「えっ…」

まさか、岡林が自分の前で足を折って、跪くなどとは思いもしなかったから、思わず驚いて小さな声を立てる。だが次の瞬間、もっと強烈な刺激に、自分でもハッとするような甘い声を上げてしまった。

「ああっ…んんっ…」

岡林が雪洋のペニスを嘗めているのだ。

やがて、その舌は大きく開かれた足の付け根からさらに下へと進み、未だ癒えぬ後ろの傷口に達した。

「やっ、やめろよ…。こんなの嫌だっ」

強烈な愛撫から逃れようと、雪洋は必死で身を捩った。けれど、開かれた両足首はしっかりと岡林の手につかまれていて、どうやっても自由にならない。

岡林の愛撫は意外にも巧みだった。強引に敏感な場所に分け入ってきたかと思うと、微妙なところでさっと舌を引かれて、雪洋はたまらず喘《あえ》ぎ声を漏らした。

「ひどい、こんなやり方ってないよ…」

こんなことをされたら、自分が本当に愛されているような錯覚が起きてしまいそうで怖い。岡林という、雪洋に困惑と恐怖しか与えない男に愛されたくなんかない。

そして、事実愛されてなんかいないと思っている。彼は自分をいたぶって楽しんでいるだけなのだ。雪洋という毛色の変わったオモチャを見つけて、しばらく夢中になっているだけだ。彼の地位や財力があれば気に入ったオモチャを囲うくらいなんでもないことなのだから。

所帯を持つなんて馬鹿げた話だって、雪洋は未だに心の奥では信じられないままでいた。なのに、こんな風にされたら、もしかして彼が本気なんじゃないかと思わされてしまう。

「や、やめろってばっ。こんなことするくらいなら、いつものように、無理矢理やればいいじゃないかっ！」

「口で文句を言いながら、体は喜んでいるぞ。なぜ素直にならないんだ？」

岡林の言うとおりで、日々慣らされている体は心を裏切ってまで快感に従順になる。あっという間に下半身に血液が集中してしまった今は、そこが恥ずかしいくらいに先走りをこぼしていた。

「せめてベッドの中でくらい、淫らになってみろ。俺に怯えて泣くお前もいいが、俺をほしがるお前も見てみたい」

そんな自分は絶対に見せたくない。

「その気になれば、いくらでも淫乱に仕立てあげる方法くらいあるがな。それじゃつまらん。どうせそのうちお前の方から泣きついてくるだろうから、それまでは俺なりのやり方で楽しませてもらうだけだ」

そう言って、また雪洋のペニスをその酷薄そうな唇でくわえ込んだ。

痛いくらいに勃起した状態で、体の中からは快感の渦が次々に込み上げてくるのに、きわどいタイミングで外される。

じらされる快感と苦痛の狭間《はざま》で、雪洋は乱れていこうとする自分を引きとめるために必死で歯を食いしばる。すると、パシンと軽く頰を叩かれた。

「歯を食いしばるな。俺の名前を呼べと教えたはずだ」

「嫌だ…っ。やっぱり、呼ばない…。呼びたくない…っ」

そんな抵抗がなんにもならないことはわかっている。けれど、こんな仕打ちに素直に従う気にもなれない。せめてものささやかな反抗だった。

「よくわからん奴だな。その裏づけのない気の強さはどこから湧いて出てくるんだ」

岡林が呆れたように言う言葉には、強者の余裕が漂っている。

「これでもまだ逆らえるのか？」

岡林の長い指が、雪洋の傷ついた窄まりの中に一気に埋め込まれた。

「はっ…ひぃっ…」

雪洋が掠れた悲鳴を飲み込んだ。

岡林は雪洋の強情さを試すかのように、少しずつその行為を過激にしていく。

一本、また一本と増えていく指に、体がシーツの上で反り返り、喘ぎとも嗚咽ともつかない声がこぼれて落ちる。

そして、結局最後には岡林自身に貫かれ、雪洋は自分の負けを認めさせられることになるのだ。そう思った時点で、今夜も心が負けた。

「あっ、あっ…やっ、やめて。呼ぶから、名前、呼ぶ。ゆ、祐司…さん、やめて…」

一度呼んでしまえば、あとはなし崩しだった。

何度も岡林を「祐司」と呼び、懇願のセリフを吐き続ける。

そんな雪洋を貪《むさぼ》りつくすため、岡林はさらに激しく雪洋の体の奥深くをまさぐるように指を押し込んでくる。

「お願いっ、祐司さん…、そのままじゃ、本当に痛いんだ…」

どんなに懇願しても岡林がやめてくれないことはもう知りすぎるほど知っている。それなら、せめてもう少しだけ楽にしてほしい。

「どうしてほしいんだ？　もっと嘗めてほしいのか？」

そうしてほしいと、雪洋は首を縦に動かす。

「してほしいなら、ちゃんと口で言ってみろ」

「……」

「言わないなら、それでもいいぞ」

岡林はわずかに唇の端を持ち上げて笑った。そして、指が三本に増やされる。

「あっ、あぁーっ、あっ、嫌だっ。お願いっ。な、嘗めてください。嘗めて…」

「どこを嘗めてほしい？」

「ゆ、指を入れているところ…。そこを嘗めて…」

答えながら、屈辱に今夜もまた身を震わせる。

それでも岡林は満足したように、そこに舌を伸ばした。

「ああ…っ、うぅ…っ」

熱くて柔らかい舌で、ピリピリと引き裂かれそうになっていたそこがほんの少し楽になる。と同時に体の中の指で前立腺を刺激されて、目眩がしそうなほどの快感を与えられた。

「嫌だっ、もっ、もう…イクぅ。イッてしまうから…」

股間でペニスがビクビクと小刻みに揺れた。それを見た岡林がすかさずその根元を空いている方の手で押さえ込んだ。

「ひぃ…っ、あぅ…んんっ…」

「ちょっと待ってろ。イクのは俺がお前の中に入ってからだ」

「ダメだ。そんなの…、もう、我慢できないっ。頼むから…。手、手ぇ、離して…」

あられもない懇願を無視して、岡林は雪洋の体の中から三本の指を引き抜いた。その刺激でまた、体が仰け反る。

「ああっ…ぁ」

苦しげな呻き声を漏らしながら、雪洋は一刻も早く岡林が入ってきてくれることを願っている自分を呪った。

でも、岡林が入ってからでないと、この気が狂いそうな快感の地獄からは解放してもらえない。

「は、早くぅ…。もう入れてっ。入れてよぉ…」

本当に狂ってしまったように、雪洋はシーツの上で髪を振り乱して懇願した。そして、その懇願は彼を充分に満足させたらしい。

岡林は器用に片手で自分の前をくつろげた。今や三本の指で慣らされて、柔らかくなっている後ろの窄まりに彼自身をあてがうと、まるでその量感や形を雪洋に覚え込ませようとするかのようにじっくりと挿入してくる。

「あっ…んんっ…はぁ…」

自分でも嫌になるくらい甘い吐息を漏らしてしまう。

「雪洋、お前は俺のモノだ。わかっているな?」

わからないけれど、わかっているとしか言えない今の自分。メチャクチャに頷いて、必死でシーツをかきむしる。

「お願いっ。もうっ、ダメだから。本当に、イカせて…。助けてよ…」

「そのまま辛抱していろ。少しは俺も楽しみたいんでな」

雪洋の言葉に不敵な笑みを浮かべた岡林が激しく抜き差しを繰り返しはじめる。

「ああっ…、ああっ…あっ」

頭の中が朦朧《もうろう》として体中が岡林でいっぱいになる。

今はもう何も考えられやしない。ただ、解放してほしいと願っているだけだ。

やがて岡林が抜け出たあとには、この体と心が悲しみでいっぱいになってしまうとわかっているのに…。

岡林と一緒に暮らすようになって数週間後のことだった。図書館から戻ると、雪洋の部屋の机の上にパソコンが置かれていた。

それも雪洋が以前からほしかったアップル社の最新モデル。プリンターもすでにセッティングされている。

床に置かれた段ボールを開いてみれば、最新のソフトがぎっしりと詰まっていた。もちろん雪洋が一番ほしかったCADも最新バージョンだった。

どうして岡林が雪洋のほしいものを知っていたのか不思議に思ったが、すぐに答えは思いついた。きっと明が話したのだ。

雪洋は明に口止めしておくのを忘れた自分の間抜けさを悔やんだ。

本当にほしいものは自分で買いたかった。

ほしくもないものをいくら買い与えられても何も感じないが、こうして本当にほしいと思っているものを、ポンと目の前に渡されるとやりきれない。

自分は囲われているのだと身に沁みるのだ。そして、これが岡林なりの愛情だというのなら、雪洋はそんなものはほしくなかった。

そんなわだかまりを心に抱えたまま、いつの間にか夏休みも半ばを過ぎた。

早朝からやってきた明が用意してくれた朝食を食べていると、岡林が雪洋の夏休み後半の予定を確認してきた。どんなことにおいても強引に決めてしまう岡林にしては珍しい。

「誰かさんにバイトの目的まで奪われたから何もないよ。レポート作成と、追試の勉強をしてるだけだ」

雪洋は、岡林が勝手にパソコンを買い揃えてしまったことに対する嫌味を込めて答えた。

自分のバシタのほしい物を買い与えるのは当然のこととばかり、岡林は己の行動に一切の疑問など持っていないし、雪洋に対して恩に着せるような言葉も吐かない。

雪洋は強姦された代償として、精一杯の割り切り方で今では与えられたコンピューターにのめり込んでいる。

今まで机上の論理としてしか納得できなかったことが、まるで魔法のようにモニターの上で確認できる。それは純粋に楽しかった。

コンピューターは人間の知恵があって初めて正しく作動し、ただの箱が利用価値の高い道具となる。

雪洋が夢中になっているのは、自分の知恵で機械をねじ伏せていく愉快さだった。それはささやかな征服欲と呼んでもいい。

クリックを一つ間違えればけして言うことをきかない。生意気なまでに融通がきかない。人間の力に屈服させられる運命なのに、ギリギリのところまでどこか高慢だ。そのくせ、こちらが強気に命令を下し、完全に優位であることを知らしめると、いきなり従順に足下に跪いてくる。

こんな感じは何かに似ている。はがゆくて、危なっかしくて、そして神経を張りつめていながらも少し甘くて、心が通じ合っているのかどうか不安でせつない。

そのとき、雪洋は気がついた。もしかして、こういう感覚は岡林が自分に対して感じていることではないんだろうか。

「おい、雪洋、聞いているのか？　明後日から関西に出かける。お前も一緒だ。本家に行かなければならなくなった」

岡林の言葉に雪洋はハッと我にかえる。

「どうして、俺が行かなくちゃならないんだ？　祐司さんの仕事に係わる気はない」

近頃では、やっと岡林の名前を自然に呼べるようになっていた。

「仕事じゃない。プライベートだ。まぁ、里帰りというやつだな。それに、お前を本家に紹介しなければおさまりがつかなくなった。親父も長くないらしいしな…」

岡林にも帰属し、従うべき組があり、親がいることを改めて思い知る。

そして、初めてこのマンションに連れてこられたときに木島に聞かされた話を思い出していた。確か、本家に挨拶に行くときには、少しばかり覚悟してもらわなければならないと言っていたはずだ。

岡林とは折り合いの悪い兄達がいるという本家。それも、関西きっての博徒、橋口組の門を潜《くぐ》る勇気なんて自分にはない。

「そ、そんなの嫌だ。だって、なんて紹介する気だよ。本当のことを言ったら、見せ物になるだけじゃないか」

雪洋は手にしていたマグカップをテーブルに置いて叫んだ。ダイニングテーブルから離れると、広いリビングに置かれた緑色のソファに腰かけて岡林を睨み上げた。

すでに朝食を終えている岡林はネクタイを締めながら、リビングボードの上の鏡をのぞき込んでいる。

「俺がいる。何があっても俺が守ってやるから安心しろ。出発は明後日の昼だ。ボディガードには木島を連れていくが、お前のお守りができるように若い者を一人くらい連れていってもいいと思っている」

勝手なことをと雪洋は舌打ちをしたい気分になった。

けれど、岡林が口にしたことは決定されたも同じなのだ。それは、このマンションに連れてこられてから嫌というほど思い知らされている。

『雪洋さんがもう少し代行に甘えてくださったら、代行もここまで縛りつけておこうとはしないと思います』

木島がいつか遠慮がちにそんなことを言っていた。でも、どうやってこの男に甘えられるというんだろう。

昼夜構わず、岡林のペースで体を求められ、悲しいほど急速に慣らされ、抵抗しながらも乱れる体。そんな自分を持て余しているというのに、今度は本家に紹介するという。

この世界のしきたりなど相変わらずまったく知らない雪洋にとって、岡林の考えがわかるはずもなかった。だから、ただ拗《す》ねたようにそっぽを向いてソファの上にあったクッションを抱え込む。

そんな雪洋のそばにきた岡林は、自ら身を屈めて唇に触れるだけの口づけをする。

「たまにはもう少し機嫌よさそうに送り出したらどうだ?」

苦笑混じりに言われて、雪洋はそっぽを向いてしまった。でかけるときに口づけをするだけでも、自分としてはかなり譲歩しているのだ。これ以上機嫌よさそうな顔などできるわけもない。

「男同士で暮らしていて、セックスより機嫌をうかがう方がはるかに難しいとは思いもしなかったぞ」

ちょうど岡林を迎えにきた木島はそう声をかけられて、困ったように頭を下げているばかりだった。

◆◆

関西へ行く際に、世話役として誰かを選んでいいと言ったのは岡林だ。

もちろん雪洋は迷わず明を選んだ。

普段から世話になっている彼に、これ以上面倒なことを頼むのは申し訳ない気もしていた。でも、組の人間で知っているのは、木島以外には明しかいないのだから仕方がない。

ところが、当の明は岡林の里帰りに同行できるなんて、夢みたいだと興奮していた。そんなことを聞かされても雪洋には理解できず、いささか複雑な気分になってしまう。

新大阪へ向かう新幹線のグリーン車で、雪洋は岡林とではなく、明と並んで座りたいとごねてやった。

ちょっとした思いつきだったのだが、意外なことを言われたとばかり、岡林は肩を竦《すく》めている。木島はただ黙ってことの成りゆきを見守っていたが、明はといえばすでに顔色を失っていた。

雪洋をチラチラと見ながら、勘弁してくれとその目が訴えている。だが、岡林は意外にもあっさりと納得して席を立つ。

「仕方がない。若松、席を替われ」

明はすっかり恐縮してしまって、額に冷や汗を浮かべていた。

そして、後ろに座る岡林と木島を気にしながら、ほとんど涙目になって必死で訴える。

「雪洋さん、本当にマズイっすよ。俺、この旅行で胃潰瘍《かいよう》になっちまいます…」

「雪洋だろ、明。二人のときはそう呼ぶって約束だ。それにべつに平気だよ。新幹線の席くらいで怒ったりするもんか。子どもの遠足じゃあるまいし」

雪洋はケロッとした様子で言ってやる。

「冗談じゃないっすよ。雪洋さんを呼び捨てにしてんのがバレたら俺、指飛びますよ。それに代行は雪洋さんのことになると、どうも、その、なんていうか…」

「なんだよ、はっきり言ってよ」

なにやら気まずそうに言葉を濁す明を促す。すると、明はますます声を潜めて言った。

「代行は雪洋さんのことになると、どうもいつもの代行じゃねぇんですって。今までいろんな女とつき合ってる代行を見てきたけど、なんか違う。こう、入れあげてるっていうか、とことん惚れてるっていうか…」

「ばかばかしい。男同士で惚れるも何もあるもんか。俺、この間気がついたんだ。祐司さんのはただの独占欲と征服欲だよ。俺がパソコンに対して抱いているのと同じなんだ」

一瞬、明がきょとんとした顔をしたので、雪洋が訊いた。

「何…？」

「代行のこと、『祐司さん』って呼んでるんすか？」

「だって、明が『あいつ』って呼ぶなって言ったんじゃないか」

雪洋は急に照れくささを感じて、明にその責任をなすりつける。

「それにしても、まいったなぁ。『祐司さん』ですかぁ…」

「しつこいな。また『あいつ』とか、『あんた』とかって呼ぶぞ」

「そ、それはマズイっす。『祐司さん』でいいです。それ最高ですよ」

明は慌てて取り繕うように言うと、雪洋に向かって拝むような仕草で頼み込む。

そんな慌てぶりがおかしくて、雪洋は思わず噴き出してしまう。けれど、心の中では割り切れない複雑な感情が新たに芽生えるのを感じていた。

岡林の名前を自分だけが当たり前のように呼んでいることの意味の重さに、ふと身震いを覚える。

なんだか自分の知らぬ間に、また一つ岡林から逃げ出すための扉が音を立てて閉じられたような気がしたからだ。

三時間足らずの旅で、新幹線は新大阪のホームに滑り込んだ。駅の改札を抜け、新大阪の駅舎を出たところでは、すでに黒塗りの迎えの車が三台並んで待っていた。

岡林達の姿を見つけると、それまで手持ち無沙汰に煙草をふかしていた連中が一斉に膝を割って出迎えの挨拶をした。

「お帰りなさいまし。長旅お疲れ様でしたっ」

一人がそう声をかけると、そばにいた全員が「お疲れ様でした」と声を張り上げる。

周辺にいた通行人がこちらを振り向き、ヤクザの出迎えと知ると、今度は揃って見て見ぬ振りをするのがわかった。

雪洋は、自分がこんな連中の輪の中にいることにひどく違和感を感じていた。

自分はむしろああやって視線を合わせないようにしながら、こんな連中から足早に遠ざかる側の人間だったはずなのに…。

「仰々《ぎょうぎょう》しい真似はやめてくれとあれほど言っておいたのに、どうやら伝わってなかったようだな」

岡林は溜息混じりに言うと、雪洋を促してさっさと車の中へと乗り込んだ。

木島と明が乗った、橋口組の若い者が運転する車が先導して走り、岡林と雪洋の乗った車があとに続く。

真夏の昼下がりに着いた新大阪は、立ち並ぶビルの数のわりに町を歩く人が少ない。新大阪が、キタやミナミと呼ばれる都心から少し離れているせいなのかもしれない。それでもしばらく走っているうちに市内の喧噪《けんそう》が目に入る。

車の中から眺める街が陽炎《かげろう》で揺らいでいた。冷房のきいた車内から見ているだけでも空気が重そうだ。同じ日本でありながら、関東と関西でこうも空気が違うものなんだろうか。

阪神高速を走る車の中から眺めた大阪の町は、どこか空々しい気がしてあまり好きになれそうになかった。

見知らぬ土地にいきなり連れてこられた不安に、ふと岡林に何か話しかけたいような気持ちになる。けれど、言葉は出てこない。すると、そんな気持ちを察したのか、岡林の手が雪洋の手に触れた。ハッとして、運転している若い男と助手席にいる男に視線をやる。でも、この手の位置ならバックミラーにも映りはしないだろう。そう思うと、雪洋は岡林に触れられた手をそのままにしておいた。岡林のサラッと乾いた手。何も緊張感がない。その手が雪洋に「心配するな」と伝えていた。

少しだけ安心した雪洋はまた窓の外を眺める。アスファルトの照り返しはまだきつい。エアコンのきいた車内にいながら、雪洋はふと血の匂いを嗅いだような気がした。


橋口組九代目組長、橋口誠三《せいぞう》は広々とした和室で、介添えの人間をそばに置いて床に伏していた。

岡林と雪洋が揃って部屋に挨拶にいくと、若い者に言ってやせ細った体を起こさせた。その姿に、彼の容態がけしてよくないことが見て取れた。

そして、介護の者に外に出ているように命令し、部屋には三人だけが残った。途端、老人は嬉しそうに笑って言う。

「祐司…、ようきたな。元気そうで安心したわ」

病人に相応《ふさわ》しく、か細い声だった。

「ご無沙汰しております」

岡林が正座の姿勢から深々と頭を下げた。雪洋はいささか戸惑った様子で岡林の隣にいて、やはり正座をしている。

緊張しているせいか、この日のためにと岡林が勝手に注文していた砂色の麻のスーツが少し窮屈に感じられる。白い開襟のシャツはシルクで、よく見るとわかる程度に、襟に凝った百合《ゆり》の刺繍《ししゅう》が同じ白い糸で施してあるものだ。

「そっちが、おまえの選んだ子か?」

「はい、沢田雪洋といいます。偶然にもわたしの大学の後輩でした」

「そうか。ほな、頭はええんやな。どれ、ちょっとこっちへきてみ」

組長に呼ばれてどうすればいいのかわからず、思わず横にいる岡林を見上げる。岡林は少し微笑むと、首をついと動かして、組長のそばへ行くようにと促した。

雪洋は頷くと、立ち上がり組長の床のそばへと歩み寄り、改めてそこに正座する。

「ほほぉ、男やいうてもえらい別嬪《べっぴん》さんやなぁ」

そう言って、組長は雪洋の手を自らの両手に取った。涸れた手だった。

死の匂いがこの老人の周囲を這い回っている感じがする。悲しくて、そして少し重苦しい空気に、雪洋は自分の呼吸まで苦しくなるのを感じていた。

「いくつや？」

「二十歳です…」

「そうか、若いなぁ。そういえば、わしに初めて会《お》うたとき、祐司の母親もちょうど二十歳やったなぁ。気の強いおなごで、えらい苦労させられたわ。心を許すまで長《な》ごうかかった。それでも一旦心を許したら、とことんわしについてきてくれたんや。祐司も産んでくれたしな。あんたは子どもは産まれへんけど、祐司を幸せにしてやってくれるか？」

老い先短い人間の、すべての飾りを省いた本音だけの問いかけだった。雪洋は握られた手に不思議な熱さを感じながら答えた。

「わかりません。選んだのは祐司さんです。俺は俺の生き方しかできないから、今はまだわからない…」

皺だらけの、目さえも判別しにくいほどの顔が微かに笑ったように見えた。そして、その顔は岡林の笑った顔に似ていると思った。

「正直な子やな。まだ祐司には気ぃは許してへんのやろ」

ビクリと雪洋の手が震え、その言葉が正しいと応えてしまっていた。

「祐司、ええ子を見つけたな。お前は昔からそうやった。自分の目ぇしか信用せえへん。自分でほしいと思うたモノしかほしがらへん子やった」

組長は雪洋の手を離すと、ゆっくりと思い出話を語りはじめた。

「あれはまだ、祐司が十歳になる前やったかなぁ。デパートへ行ってな、上の兄貴ら二人と一緒に好きなもん買《こ》うたるさかいなんでも選べ言うたんや」

昔話を語る彼は楽しそうだった。

「兄貴らはほしいプラモデルを見つけると、さっさと金をねだって支払いに行きよった。そやけど、祐司だけはほしいもんがないさかいいらん言うんや。兄弟で、まして母親が愛人の子だけ何も買わんわけにもいかんし、わしはなんでもええから一つ選べ言うた。それでも、どうしてもほしいない言うんや」

雪洋は黙ったまま、その話に耳を傾けていた。

岡林は、年寄りの話を遮るわけにもいかず困っているように見えた。

「しゃぁないから、どんなプラモデルがええんやいうて訊いたんや。もう覚えとらんけど、イギリスのごっついバイクのプラモデルで、デパートでも取り寄せなあかんシロモンやった。わしはそれを取り寄せてくれて店員に頼んだんや。ほんなら、今度は上の二人が祐司だけ贔屓《ひいき》やと大騒ぎになってもうた。祐司にいくらここにあるもんで我慢せぇ言うても、それがないなら何もいらん言うてきかへんのや」

　子どもの頃から不機嫌そうな顔で、頑固だったんだろうか。そんなことを考えながら、雪洋は岡林の顔をチラリと見る。そして、このときばかりは腹の中で微かな笑みを漏らしていた。

「結局、上の兄貴らには内緒で取り寄せて、デパートから配達させたけどな。なんとも母親に似て、強情な子や思うて呆れたもんや」

　彼は涸れた喉をひゅうひゅうと鳴らして笑う。さすがの岡林も苦笑を漏らしていた。

「そのかわり、滅多にモノをほしいとは言わん子やった。たまにねだるときは真剣やったし、ほしいものを手に入れるといつまでも大事にした。お前、もしかしてまだあのプラモデル持ってるんとちゃうか？」

　父親の問いかけに岡林は笑って答える。

「勘弁してください。もう三十年近くも前のことですよ。確か高校ぐらいまでは持っていましたが、大学へ進学したときの引っ越しでどこかへいってしまいましたよ」

「そうか…」

少し遠い目をしてそう呟いたあと、雪洋を見た。そして、老齢を一瞬忘れさせるような、悪戯《いたずら》っぽい笑みを浮かべると今一度しっかり手を握り締め言った。

「雪洋いうたな。今度祐司の部屋をよう捜してみいや。納戸の奥とかに隠しとるかもしれへんさかいにな」

その言葉と彼の表情を見て、雪洋はこの橋口誠三という男に好感を抱いた。

岡林も強烈なカリスマ性を持っている。冷徹かと思えば、ハッとするほど魅力的な笑みを浮かべて人の心を引きつける。

人の上に立つ人間独特の孤独さを抱えながら、ときおり顔をのぞかせる彼自身の熱いものが、周りの人間を虜《とりこ》にしているように思えた。

おそらく、岡林はこの父親の血を色濃く引いているのだろう。

雪洋は目の前の老人の、今にも消えていきそうな手の温《ぬく》もりを感じながら考えていた。

もはや生御霊《いきみたま》となっている老人に、この世の善悪を問うなど無駄だ。あるのは、ただここまで生き抜いてきた人間に対する尊敬にも似た感情だけだった。

やがて、機嫌よく話していた老人の乾いた声が咳《せき》にかわり、組長は苦しそうに背を折り曲げた。雪洋は慌てて立て膝で歩み寄り、組長の体を布団に横たえてやった。

「すまんな…」

か細い言葉に雪洋は首を横に振った。

「どうか、大事にしてください。俺、本当はここにくるのは嫌だったけれど、今はあなたに会えてよかったと心から思っています…」

雪洋の言葉に橋口誠三が力無く微笑む。

「祐司を頼む。あれは頑固やけど、そのぶん裏切らん。信じて大丈夫や。ゆっくりわかったってくれや…」

まるで雪洋に対する遺言のような言葉だった。

岡林が襖《ふすま》を開き、介護の若い者を呼ぶ。飛んできた若い衆にその場をまかせて、雪洋は岡林とともに一礼をして組長の部屋を辞した。

短いが、濃厚な時間だった。これで大仕事は終えたのだと、ホッとしたのもつかの間、岡林が珍しく渋い顔をして呟いた。

「さて、問題はこれからだ」

なんのことかわからない雪洋は声に出して問わず、首だけを捻った。

「いいか、雪洋。お前は一言も口をきかなくていい。黙って俺のそばにいればいいからな」

そう言い含められて、雪洋は長い廊下を岡林の後ろについて歩く。

先ほどの組長の部屋とは反対側の棟にある応接間に向かっているらしい。

巨大な屋敷は、その昔はとある財閥の所有するものだったというだけに、重厚でりっぱすぎる造りだった。

岡林が応接間の前に立ち、厚いドアをノックする。

「おう、入れ」

野太い声が中から聞こえ、岡林は扉を開けて中へと入る。雪洋もあとに続いた。

部屋の中では時代錯誤なマントルピースの前にある重々しいテーブルを囲んで、二人の中年男が座っていた。

一人は目が細く神経質そうな印象の中肉中背の男。もう一人はやや太り気味だが、やはり抜け目のなさそうな目をした男だった。テーブルの上にはまだ早い時間だというのに、ブランデーのグラスが二つ載っている。

「兄さん、ご無沙汰しております」

岡林は静かに頭を下げた。雪洋はすぐにこの二人が九代目の本妻の子、長男の橋口定信《さだのぶ》と、次男の橋口清《きよし》だと理解した。

岡林の実父に挨拶をしたことですっかり安心していた雪洋は、もう一つ大切な仕事があったことを忘れていた。だが、どうやらこちらの方がはるかに厄介そうだ。

岡林本人から大阪に入る前に、簡単な説明を聞いていたが、勝手に頭に思い描いていたよりも正直言って二人の兄の第一印象は悪い。

弟である岡林を見る目がひどく好戦的でいて、またその視線には侮蔑のようなものが含まれている気がした。

本妻の子どもではないということで、自分達とはどこか別な存在として扱おうとしているのがうかがい知れる。だから、「兄さん」と呼ばれることさえも、忌々しげな様子だった。

この二人と岡林は折り合いが悪いということを木島の口からも聞いているだけに、雪洋にも緊張が走る。

「祐司、久しぶりやのぉ。東じゃえらい派手にやっとるいう噂が届いとるぞ」

「お耳を汚していたら、申し訳ないと思ってます」

かつて見たこともないような岡林の殊勝な態度だが、けして心からのものではないのはわかった。

三人がいかにも形ばかりの近況報告をしているのを聞きながら、雪洋はもうすでにここから逃げ出したい衝動にかられている。

「まぁ、とりあえずかけろや。一杯やるか？」

手を上げて断ろうとする岡林に、太った方の男が言う。

「まさか兄貴の酒が飲めんとは言わんやろ？」

「いえ、そんなことは…。では、いただきます」

仕方なく岡林は礼を言ってグラスを受け取る。

「ほんで、こちらの兄さんは？　あんたも一杯どうや？」

今まで空気のように無視し続けていた雪洋に向かってたずねる。

「清兄さん、雪洋は酒が飲めませんので…」

飲めないわけではないが、こんなところで酒を口にしたいとは思わない。雪洋の気持ちを察して岡林が先に口添えをしてくれようとしたが、それも無駄だった。

「祐司、お前には訊いとらんわっ！　こちらの客人に訊いとるんじゃ。だまっとれっ！」

壁に掛けてあるセザンヌの額が傾くほどの怒号だった。

雪洋は自分の指先が冷たくなっていくのを感じていた。そっと隣を見れば、岡林は無表情のまま兄達を睨んでいる。

「い、いただきます…」

岡林も受け取っているのに、まさか自分だけが頑なに断るわけにもいかない。軽く会釈をして差し出されたグラスを手にした。

「ほな、乾杯するか？」

それぞれの手元にグラスが渡ったことを確認すると、長男の定信がそう言ってグラスを上げた。

清、岡林に続いて、雪洋が遠慮気味にグラスを上げる。

全員が一口喉に流し込んだところで、定信が改めてたずねた。

「ほな、きちんと紹介してもらおうか？」

もちろん雪洋のことである。

「紹介が遅くなりました。これは沢田雪洋といいます。わたしの連れ合い…と思っていただいて結構です」

雪洋はその場で立ち上がって丁寧にお辞儀をした。

自分からそんなことを認めるのは不本意だったが、この場でどんな抵抗ができるわけでもない。この部屋から一分でも一秒でも早く出ていきたい。ただ、それだけの気持ちで行動するだけだった。

「祐司、お前、しばらく顔見ぃへんうちにケツモドキ（男色家）になってもうたんかい？」

岡林は答えない。

「まぁまぁ、清、そないな失礼な言い方はないやろ。客人も困ってはるやないか」

「そやかて、兄貴…」

「それより、見てみぃや。男とはいええらい別嬪さんや。これやったら、そのへんのおなごよりはよっぽど上等やないか」

定信は好色な目を向ける。雪洋は自分の視線のやり場に困り、ただ俯くしかなかった。

なぜ自分がこんな目に遭わなければならないのか、あまりにも腹立たしくて情けなかった。そんな雪洋の気持ちを知ってか知らずか、岡林はただ無言で、顔色一つ変えず座っている。

「ところで、新居浜を潰したらしいな」

定信が話題を変えて訊いた。岡林はやはり無言で頷いた。

「ほどほどにしとけや。お前の強引な手口はわしらの耳にも入っとる。関西にも新居浜の息のかかった組があるんやで。お前の阿漕《あこぎ》なやり口に対して、本家に申し立てしてくる者もおるんや。なんせあの組は歴史だけはあるし、このままやとちぃっと厄介になるで」

そう忠告されて、岡林は不敵な笑みを浮かべて答える。

「新居浜ごときに泣きつかれたからといって、橋口本家が気にかけるほどのことでもない。もっと格の違いを教えてやればいいんですよ。それとも、あんな連中ごときでも兄さん達の手に余るとでも？　親父があれじゃ、橋口の昔の威光もすっかりすり切れてしまいましたかね？」

それを聞いた清は露骨にムッとした様子で、手にしていたグラスを乱暴にテーブルに置いた。そんな清を諫めるように手を上げると、定信が言う。

「橋口のことはお前が心配せんでもええ。お前に極道の筋道を説かれるほど落ちぶれた覚えはないで」

自分が年長者であることを知らしめるような、ゆっくりとした諭し方だった。だが、それだけですまないのが、やはりこの世界の人間だ。

「ただな、お前も守るもんができたんやろ？　今までみたいに好き勝手しとったら、大事なもんがえらい目みるかもしれへん言うとるんや」

そう言いながら、チラリと雪洋の方に視線を投げてきた。

このとき、雪洋はこの帰省の理由がようやくわかった。

突然、本家から呼び出しがあり、雪洋を紹介しなければおさまりがつかなくなったと岡林は言っていた。

つまり、本家の兄達は岡林が自分の「伴侶」と決めた雪洋の存在を確認したかったのだ。この先、岡林を陥れるために使えるコマとなる可能性のもの。それが、雪洋だと考えてのことだろう。

岡林自身には病床の父親を見舞いたい気持ちもあっただろうが、こうして正式に本家に紹介されたことで、雪洋は完全に標的の一つとなったわけだ。

横で彼らの会話を黙って聞いていた雪洋の顔は青ざめ、頬が引きつる。

だが、そんな脅しめいた言葉を聞いても、岡林は眉一つ動かさずに答えた。

「ご忠告はありがたくうかがいました。しかし、わたしは自分のシマと自分のモノを守っていくだけなんでね。手出しする人間がいたら、容赦する気はない。親父も長くはないし、兄さん達こそいつまでも先代の威光に頼っていたら、そのうち関東から返り討ちに遭いますよ。近頃東は元気のいい若い衆が揃っているんでね」

自分のシマや雪洋に万が一のことがあったら、こちらもそれなりの報復はさせてもらうという、岡林の不敵な言葉に清が一気に気色ばむ。

「なんやとぉ、われぇ、なめたことぬかしとったらいてまうぞっ！　そこの男妾《めかけ》と一緒に南港《なんこう》に浮かびたいんかっ！」

本性丸出しの下卑た罵倒だった。単なる売り言葉に買い言葉の脅しかもしれないが、こういう世界の人間が口にするとシャレにならない。思わず背筋が凍りつき、気が遠くなりそうだった。

「やめんかいっ、清。祐司も本音で言うとるんとちゃうやろ」

定信が清を叱りつけ、そして、言葉尻に嫌味を含ませながらも、どこか岡林に迎合するように言った。

「なぁ、半分とはいえ血の繋がった兄弟やないか。わしらは西を押さえる、祐司、お前は東を押さえる。今までどおりこれでええやないか。その別嬪さんのことも、わしらはとやかく言う気はないんや。関西では男をバシタにするなんぞ、世間体が悪ぅて言えんこっちゃけど、東は何かと進んどるんやろ」

岡林は、丸くおさめようとする定信の言葉にも冷淡な笑みでもって答える。

「少なくとも親父が生きている間は、その取り決めを守るつもりですよ。関東の完全な制圧には今しばらくの時間もかかる。わたしはわたしのやり方で東を押さえる。東で上げた花火の火の粉がこちらに飛んだとしても、それくらい払えない兄さん達じゃないでしょうからね」

そう語る岡林は静かだが、この上なく強い気迫に満ちている。それは、もちろん雪洋も知らない岡林の姿だった。

橋口定信も清も、雪洋から見れば充分に巨大な存在に感じられた。

関西ばかりか、全国にその名を馳《は》せる広域暴力団を実質的に取り仕切っているのだから、その迫力も、存在感も半端なものじゃない。

だが、そんな二人を前にしていつもの冷静さを失わず、そればかりか気がつけば相手を精神的に追いつめていく様には息を呑まざるを得ない。

男として、人間として、岡林は何か格が違う。そんな気がしていた。

やはり、父親である橋口誠三の血を一番色濃く引き継いだのは岡林なのかもしれない。

定信と清は苦々しい表情で無言になり、もう、雪洋のことで嫌味を言うこともなかった。

「では、雪洋に大阪の夜の街を見せてやる約束なので、これで失礼します」

岡林が席を立つ。雪洋は慌ててそれに従った。忌々しげな二人の視線を背中に感じながら、ようやく部屋を出た。

そして、ホッとした瞬間、雪洋の足が震えだす。

あそこまで極限の緊張感を味わったのは生まれて初めてかもしれない。一人会話から外れていたにもかかわらず、岡林が生きている世界をこの目で見て、知ったショックは大きかった。

恐怖のあまり腰が砕けたようになって、その場に崩れ落ちる。岡林がそんな雪洋を振り返ってたずねた。

「どうした？」

「あ、歩けない…」

「嫌な思いをさせたな。すまなかった」

岡林は廊下にしゃがみ込む雪洋に手を差し伸べながら言った。雪洋は何も答えずに岡林の手に縋って立ち上がる。

（とんでもないところへきてしまった…）

そんな思いでいっぱいになり、自分をここへ連れてきた岡林をなじりたかった。

彼らはすでに雪洋をコマの一つとして扱っている。自分はもう引き返すことのできないところまできてしまったのだ。

震える体を抱き締められたとき、不覚にも涙が出そうになって、雪洋はグッと唇を噛み締める。そんな顔を少し苦笑混じりに岡林の手が撫でる。そして、自分の厚い胸に雪洋の頬を押しつけるようにして、背中を軽く叩く。

まるで怯えている子どもを宥《なだ》めるような仕草だった。雪洋はそんな彼の手を拒めないでいた。

「大丈夫だ。何も心配しなくていい。お前は俺が守ってやる」

そんな言葉を聞きながら、ぴったりと寄り添っていると、体中に少しずつ安堵感が広がっていくのがわかる。

（まただ…）

迎えの車の中と、そして今も。

岡林の与えてくれる安息に縋りきっているなんて、東京のマンションにいるときの自分なら考えられない。

そもそも、自分をこんな恐怖と緊張の中に突き落としたのは岡林だ。なのに、今見知らぬ土地にいて雪洋を守ってくれるのも、また岡林しかいない。

（今だけはしょうがないじゃないか…）

雪洋はそう自分に言い聞かせ、長い廊下を岡林に手を引かれつつ歩いた。

◆◆

その夜、本当に約束していたわけではないが、岡林は雪洋と木島、そして明を連れて大阪の夜の街へと出かけた。

ふぐ料理を食べたあと、岡林の昔馴染みがやっているというバーに案内され、木島はともかく、明は消えてなくなるんじゃないかというほど恐縮していた。

明にしてみれば、神のように崇《あが》めている岡林のルーツをかいま見ることのできたこの旅は、よほど嬉しいものだったらしい。

「俺、生きててよかったなぁ。もう、人生で最良の日っすよ」

そして、今夜は飲み過ぎないようにするんだと雪洋に耳打ちしてきた。

この最良の日をしっかり噛み締めたいから、酔っぱらうなどというもったいない真似はできないんだそうだ。

そんな風に興奮している明の素直さは、年上なのに妙に可愛く感じられた。

木島や明をはじめとする多くの人間を従えて、信望を集めている岡林という存在の大きさや、人間の深さを、雪洋もまたこの旅で少しずつ理解していた。

子どもが親を選べないのは誰にとってもそうであって、岡林もまた彼自身捨てきれない大きなものを背負って生きてきたことはわかる。

それに関しては、いくばくかの同情がないわけでもない。

けれど、そんな彼の人生になぜ自分という存在が取り込まれなければならないのかは、まだわからないでいた。

大阪の夜の街を楽しんだあとは、タクシー二台に分乗して本家へと戻ってきた。

木島と明が乗っているタクシーが、岡林と雪洋の乗るタクシーを先導する形で走り、本家の正門前で止まる。

先に止まったタクシーから明が降りると、こちらへすっ飛んでくる。いつもの癖で岡林が降りる車のドアを開けようとしたのだ。が、今夜はタクシーだった。ドアは自動で開く。

明は出していた手を思わず引っ込めて、照れたような笑いを浮かべている。そんな彼を見て、岡林と雪洋が笑った。

「律儀なこった…」

冗談でそう言った岡林を少し恨めしげに見ていた明だが、すぐに橋口家の仰々しいまでの正門に駆けていくと、今度はその横にある勝手口の引き戸を開ける。背後で二台のタクシーが走り去っていくところだった。

そのとき雪洋がハッとしたのは、そばの電柱の陰から一人の男が飛び出してきたからだ。

「死ねやっ、岡林っ！」

そう叫んだかと思うと、その男は手にしていた拳銃の銃口をぴたりと岡林に向けた。

それを見た明が、瞬時に飛び出してきて岡林の前に立ちはだかった。岡林は雪洋の体を抱きかかえるようにして地面に伏せる。

一瞬の出来事に雪洋は声を出す間もなかった。ただ、いきなり地面に打ちつけられた肩が、その衝撃でズキンと痛むのだけを感じていた。

次の瞬間、パンパンと乾いた音が響くと同時に、ボスッボスッという鈍い音が雪洋の耳に届く。そして、ドサリと何かが倒れる気配がした。

見れば、明が雪洋と岡林の足下に崩れ落ちている。

「うわーっ！」

恐怖のあまり雪洋の口から絶叫が漏れた。

二台のタクシーにそれぞれ金を払っていたせいで、この場に駆けつけるのが少し遅れた木島が怒声を上げる。

「てめえっ！　どこの組のもんだっ！」

木島が懐から拳銃を取り出して構えているのが雪洋の視界に入る。

岡林を狙った男は、慌ててもう一度拳銃の狙いを岡林に定めようとしていた。木島の場所からでは距離があって確実にしとめられない。それでも数発の威嚇発射を試みる。

あたりに乾いた発砲音が二度、三度響いた。それでも男は怯まずに銃口をこちらに向けて、構えている。

今度こそ岡林が撃たれる。そう思ったとき、雪洋の心臓が爆発しそうなくらい跳ね上がった。

(やめてくれっ!)

雪洋は心の中で絶叫していた。岡林を殺さないでくれと心が悲鳴を上げる。

けれど、状況はあまりにも絶望的だった。岡林一人ならなんとか身をかわせても、雪洋を庇《かば》っている体勢では身動きが取れない。

そのときだった。

「く、くっそぉ〜。撃たせねぇっ。絶対に、撃たせねぇっ!」

断末魔の力を振り絞って明が起き上がった。そして、雪洋の上に重なる岡林の上に自分の身を重ねるように倒れたのだ。

再び乾いた銃声と肉がはぜる音がした。と同時に木島の発砲した弾が狙撃犯の頬をかすめた。その一発に焦った男はきびすを返すと、そのまま暗闇の中へと駆け出した。

「野郎っ! 待ちやがれっ!」

追いかけようとした木島だが、雪洋の絶叫にその足が止まった。

「嫌ーっ! 嫌だぁーっ! 明っ、明っ! しっかりしろっ! ど、どうしよう、祐司さんっ、明が、明が死んじゃうっ!」

明の体はぐったりとして動かない。口からはゴボゴボと血が溢れてくる。

その体を抱き締めて、雪洋は泣きじゃくっていた。その声に反応したのか、明の手がピクリと跳ねた。

「明？　明っ！」

雪洋の問いかけに、明が息も絶え絶えに言った。

「ヤ、ヤバイや…。なんか、俺、死ぬみ…たい…すね…」

「しっかりしろっ！　お前のおかげで代行と雪洋さんは無事だった。よくやったな」

木島の言葉を聞いて、明の視線が必死で岡林の姿を探している。

泥と血にまみれた明の手をしっかり握り締めると、岡林が頷いて微笑んだ。明もまた力無く笑ってみせる。

「へへっ、よかった…す」

その直後、明の目は静かに閉じられた。

もう呼吸が感じられない、命が消えていく。

「あっ、あっ、ああーっ、嫌だぁーっ、明、明ぁーっ！」

雪洋は、明の体を抱き締めて慟哭した。

体中が悲しみと怒りで爆発してしまいそうだった。

どうしてこんなことになるんだろう？　どうして明が死ななければならないんだろう？

もう、何もかもがわからない。混乱する頭の中で何度も明の名前を呼び続ける。自分の腕の中で、動かなくなった明が明でなくなっていく。ついさっきまで一緒に話して、笑っていたのに、今はもうただの死体になってしまった。

明の返り血を浴びた岡林は、その血を自分の指ですくうようにしてから口元に運ぶ。

「木島、若松の遺体はこちらで始末するぞ。この件は警察には渡さん」

明の血を嘗めてから、岡林は低い声でそう言った。

木島もまた深い苦悩を滲ませながら、その言葉に黙って頷いていた。

木島が東京の組に連絡を取り、明の遺体の始末に奔走している頃、雪洋は一人部屋にいた。

本家で岡林と雪洋に与えられた部屋は、宴会でも開けそうなくらいの広い和室だった。風呂から上がって糊《のり》のきいた浴衣を着ると、ぼんやりと布団の上に座り込んでいた。

明のことを思い出すと、まるで涙腺が壊れてしまったかのように涙がボロボロとこぼれてくる。

いったい、どういう世界なんだろう。自分はなんていう世界にいるんだろう。

ついさっきまで生きていた明はもうこの世には存在しない。

いつも雪洋に遠慮しながらも、ときどきうっかりと「お前」呼ばわりをしては慌てていた明。こんな特異な世界でたった一人の友人だった。

雪洋が岡林の「女」だからといって、奇異な目で見ることもなかった。それが岡林に対する忠誠心からくるものであったとしても構わなかった。それでも明は友達だったのだ。

岡林と雪洋を庇い、死にゆく間際に少し笑って「よかった」と言った。本当にそれでよかったと思っていたんだろうか？

そんなはずはない。そんな人生なんて意味がない。これがこの世界の定めなら、やっぱりこんな世界は認めたくない。

やがて雪洋は布団に突っ伏して子どものように泣きじゃくった。悲しくて、悲しくて、心が張り裂けそうだった。

岡林に囲われるようになってから、どんなに悔しいときも、辛いときも泣くまいとこらえてきた。岡林に涙を見られるのが嫌だったし、抱かれれば抱かれるほど、女々しい自分を認めたくはなくてそうしてきた。

けれど、明の死には我慢ができなかった。こらえてもこらえても、次から次へと涙が溢れてきて、どうしようもないのだ。

そのとき部屋の障子が開いて、岡林が入ってきた。

涙に濡れた顔を上げると、雪洋は岡林に訊いた。

「明は…、明の遺体はどうするんだ？」

「仲間うちで始末をする。若松の仇《あだ》は必ず討つ」

雪洋はまた黙って布団に顔を埋める。

「木島が今夜はお前についていた方がいいと言うんでな、甘えさせてもらうことにした」

そんな木島の配慮や、岡林の気遣いに感謝するよりも、今は彼らの生きている世界に対しての不信感の方が強かった。

「俺はこんな世界にはついていけないよ。もう嫌だ。東京に帰ったらあんたのマンションなんか出ていく…」

雪洋はまるでどこかに魂を持っていかれたように、淡々と口にした。だが、返ってきたのは、いつもどおりの断定的な岡林の言葉だった。

「慣れろとは言わん。だが、俺から離れることは許さん」

その言葉に雪洋は堰を切ったように、自分の不安と怒りをぶつける。

「冗談じゃないっ。明は死んだんだ。俺とあんたを庇って。『よかった』なんて言って、死んでいったんだ。そんなこと、あっていいわけないじゃないかっ！」

「世の中はお前の常識だけで動いているわけじゃない」

その言葉をそっくり岡林に返してやりたい。だが、雪洋がそう言う前に彼が言った。

「お前には、俺のそばにいるかぎり背負ってもらわなければならないものがある」

それは理不尽な服従とか、考えたくもない身の危険とか、身近な人間の死ということなんだろう。

岡林と出会い、彼に自分の人生が飲み込まれてからというもの、雪洋はどれだけのものを失ってきたかわからない。

望んでもいないのに、勝手に与えられたパソコンや高価なプレゼントの数々。また、衣食住にわずらわされることのない余裕のある生活環境。

でも、そんなものでは代償にならないくらいのものを、自分は岡林にもぎ取られ、そして、反対に押しつけられてもきた。

マンションに連れていかれて、初めて抱かれたときと同じくらいの恐怖と、苛立ちと、悲しみの中で雪洋は叫んだ。

「だったら、俺を守ってよっ。俺、怖いよ。こんなの我慢できないっ！　誰の死ぬところももう見たくないっ！」

そう言いながら、雪洋は岡林に胸の中へと飛び込んだ。そして、口づけを求める。

微かに酒の香りの残る岡林の唇に自分の唇を押しつけた。それだけでは足りなくて、口を開いて舌を差し出し、さらに求める。

明の死によってぽっかりと開いた心の空白を埋めてほしかった。悲しい現実と心の痛みを忘れさせてほしかった。

もう誰の死ぬところも見たくない。それは、あれほど憎んでいた岡林自身の死であっても、きっと今では耐え難い。

岡林の舌が雪洋の舌に絡む。唾液が混じり合い、そして、互いに啜《すす》り合う。

「守ってやる。お前は俺のモノだ。何があっても守ってやる」

岡林がそう言いながら、雪洋の浴衣をはぎ取っていく。白い布団の上で全裸に剥《む》かれた雪洋は、自ら足を大きく割り開いた。

「抱いてよ。痛くしてよ。うんと痛くして。明もきっと痛かったんだ。弾が肉を抉る音が聞こえた。あんな風にしてよ」

「お前が若松の痛みを背負うことはない」

そう言うと、岡林は雪洋のペニスをいつも以上に優しく愛撫する。

「嫌だ、優しくするなよ。そんな風に感じたいんじゃないっ。そのまま入れてよ」

雪洋が泣きじゃくりながら訴える。それでも岡林は丁寧に嘗めて、後ろの窄まりまでも舌を這わせた。

そして、伸ばした手で雪洋の胸の突起をつまみ上げるようにして、そこにも確かに感じる部分があるのだと知らしめてくる。

体中に与えられる甘い愛撫に、雪洋の後ろの窄まりが我慢できないように小さく痙攣《けいれん》しはじめ、ようやく岡林のモノが押しつけられる。

「ああっ…、早くぅ…早く入れて…」

じわじわと潜り込んできたそれを抜き差しされて、少しずつ開かれていく。快感が背筋を這い上がり、せつない声が喉をついて溢れ出る。

「ああっ…、もっと、もっと奥まできて。もっとひどくして…」

いくら明の痛みを背負う必要はないと言われても、他に彼の哀れな魂を慰める方法は思いつかない。

「ああっ、いつもみたいにぶってよ…。縛ってもいいから、お願い、ひどくしてよぉ」

以前は、雪洋が反抗的な態度を取ったり、自分の置かれた現状を認めようとしなかったりすれば、岡林は平手で頬をぶった。

最初の頃など、暴れて抵抗する雪洋の手足を縛り、レイプのような抱き方ばかりしていたのだ。なのに、今夜ばかりはどんなに懇願しても岡林は手を上げることもなければ、縛ったり、無理矢理挿入したりもしてくれない。

すでに知り尽くしている雪洋の弱い部分を唇で巧みに責めながら、指では絶え間なく胸の突起を摘《つま》み、唇をなぞる。

たまらなくなった雪洋は、自分の唇に触れている岡林の指を嘗めた。

それだけではどこか心許《もと》なくて舌を出し、すくい取るように口の中へと招き入れる。下半身を優しく抉られながら、自らさらに求めるように腰を揺らす。

雪洋を傷つけないように、いつもにも増して潤滑剤は充分に使われていた。だから、腰を動かせば動かすほどに広い部屋には淫猥《いんわい》な音が響く。

それでも自らの淫らさを認め、岡林を誘うように、雪洋は動き続けた。

「あぅ…ううっ…あっ」

異常な興奮状態に陥っていて、もう口を閉じるのさえままならない。

岡林の指を嘗めしゃぶりながら、口角から唾液がこぼれ落ちていくのがわかる。

ひどく淫らだった。こんな自分がいたのかと、自分自身が驚くほどに乱れていた。

岡林に庇われて地面に倒れ込んだときに打った左肩には、うっすらと痣《あざ》ができている。その痣を何度も撫でていた岡林の表情が微かに曇る。

眉間《みけん》に刻まれた皺に、彼の苦渋を思い知らされる。

雪洋は岡林に抱かれながら悲しみを押し流そうとしている自分を意識していた。と同時に、自分を抱きながら岡林もまた同じ思いを抱いているのではないかと思えた。

あれほどまでに憎いと思っていた岡林なのに、ひどく怯え、傷つき、そして混乱している自分を

救ってくれるのは彼しかいなかった。

いつの間にか自分の心の奥深くまで入り込んでいた男。体だけを不本意にあずけているつもりだったのに、気がつけばこんなにも心まで二人して埋め合っている。

岡林の膝の上に跨《また》がり、自ら体を沈めながら、雪洋はその夜初めて自分が彼の「女」になったような気がしていた。

同時に、岡林というひどく寂しい魂の持ち主をこの腕で抱き締めていることに気づき、愛しさにも似た気持ちが込み上げてくるのを感じていた。

翌日の朝一に、東京の白神組から数人の若い衆がやってきた。

明の遺体をどのように処分したのかはわからないが、雪洋はそれをたずねなかった。

雪洋にとって明はいい友達だった。だが、岡林にとっては大事な舎弟であり、木島にとっては身内も同然の存在であった。その彼ら以上に明の死を一人嘆き悲しむのは、どこかおこがましいような気がして、雪洋はあえて沈黙を守ることにしたのだ。

岡林の指示で木島以下、多くの舎弟達が慌ただしく動いている。おそらく昨夜の狙撃犯の情報を集めているのだろう。

それ以外にも銃撃戦の証拠隠滅や、警察の介入を防ぐために裏でいろいろと動き回っている。本家としては口を挟むこともなく、東のことは東のことと静観している振りが見て取れた。そして、その日の夜、木島が受けた電話でようやく情勢の大方がつかめたらしい。

「雪洋、今夜の最終の新幹線で東京に戻るぞ」

そう短く告げた岡林に雪洋は小さく頷いた。雪洋としても、一刻も早くこの忌まわしい思い出の地を離れたかった。

帰りの新幹線は大人数での移動になったが、グリーン車に乗り込んだのは岡林と木島と雪洋だけだった。

雪洋は岡林と並んで座り、通路を挟んで向こうには木島が座っている。

明の死以来、木島はいつも以上に神経が過敏になっている。

ときおり落ち着かない様子であたりを見回し、不審な人物がいないかを確認していた。その様子は、たまたま新幹線でそばに座り合わせた人間が気の毒になるほどの威圧感だった。

雪洋はすっかり無口になったままで、走り出した新幹線の中でもぼんやりと窓の外を眺めているばかりだった。

やがてトンネルに入ると、窓には無表情な岡林の横顔が映る。

「ねぇ、お父さんに買ってもらったバイクのプラモデル、本当になくしてしまったの？」

ふと、思い出して雪洋は岡林にたずねた。

「いや、なくしたんじゃない」

「じゃ、まだ持ってるの？」

岡林はちょっと困ったように溜息を一つ吐くと煙草を取り出す。が、ここが禁煙車両だったことを思い出し、それをまた胸のポケットにしまった。

「中学の頃、犬を飼っていてな…」

全然違う話題が飛び出して、雪洋は一瞬惚《ほう》けたように岡林を見上げる。そんな雪洋を見てから岡林は話を続けた。

「犬を散歩させるのは俺の役目だった。ある日学校から帰って、鞄《かばん》を置いたらすぐに犬を連れて淀川河川敷へ行った。いつもの散歩のコースを歩いているとき、そこで見つけたんだよ。ぶっ壊されて、捨てられている俺のプラモデルをな。それと、その横に落ちている煙草の吸いがらもな。清兄貴の吸っている煙草と同じ銘柄だったよ…」

納得した。あの二人の兄の印象はすこぶる悪い。特に次男の清の方は品性がない感じがして嫌いだった。

岡林があえて「橋口」の姓を名乗らず、母方の名字である「岡林」を名乗り続けている気持ちも今ならわかる。

「仕返ししたの？」

「いいや……」

「何もしなかったの？」

「それからだ、俺が自分の部屋に鍵をかけて出かけるようになったのは。高校の頃には全部で五つほどつけてたかな……」

雪洋は少し笑った。なんだか岡林らしくない気がして、おもしろかったのだ。そして、そのとき自分が明の死以来初めて笑ったことに気がついた。

この痛みはあまりにも悲しい。そして、その痛みを忘れていくのもまた悲しい気がする雪洋だった。

◆◆

岡林とともに東京に戻り、しばらくして雪洋の大学が始まった。

久しぶりに会う大学の仲間は懐かしかった。けれど、この夏の間に経験したことはあまりにも衝撃的すぎた。

雪洋自身が変わってしまったため、その瞳に映る世界はまるで違って見えるようになってしまった。

一言で言えば、何もかもが「のどか」なのだ。

ここには強姦もないし、銃撃戦もない。学問上の対立はあっても、よもや魂や命のやり取りなど有り得ない。

とはいえ、学生の本分に戻れば、雪洋の通う学部は課題も多いし、提出しなければならないレポートの量も半端じゃない。まして、そこに追試の加わった雪洋は、勉強に没頭せざるを得ない日々を過ごしていた。

そんなある日、雪洋は大学で遅れていたレポートを提出するため、基礎電子工学の教授の部屋に行った。

教授は雪洋の顔を見るなり、少し言葉を探す素振りをみせた。それからしばらくして、確認するように訊いた。

「君、岡林君が後継人というのは本当なのかね？」

いきなり岡林の名前が出て、雪洋は少しばかり戸惑いながらも、どう答えるべきなのかと思案していた。てっきり教授の言葉が、あんなヤクザ者に囲われているのかと非難していると思ったからだ。

あまりにも不本意な成りゆきだが、違うというわけにはいかない今の自分の立場だった。

だが、教授は雪洋のレポートをパラパラとめくって見ながら、遠い過去を懐かしむように呟いた。

「彼はどうしているのかね？」

雪洋はその問いかけに、なんて答えればいいのかわからなかった。教授がどんな答えを求めているのか、何を知りたいのかわからなかったからだ。

「教授は彼をご存知なんですか？」

反対に問いかえした雪洋に、教授はレポートから目を離して柔らかな笑みを浮かべる。

「ああ、知っているとも」

彼の遠くを見つめる視線は、雪洋の境遇を非難するものではなく、心から岡林の今の状況を知りたいと思っている風に見えた。

「わたしの教え子の中で、彼ほど優秀な学生はいなかった。彼は大学院へ進んでくれるものだと思っていたのに、いきなり家業を継ぐと言われたときは驚いたよ。正直、かなりショックだったね」

それを聞いて、雪洋もまた驚いた。

岡林が自分と同じ大学の出身だというのは知っていたが、まともに卒業していたとは思っていなかった。それなのに、どの学科よりも評価が厳しいことで有名な基礎電子工学の教授が、こんな風に手放しで誉めるなんて信じられない気持ちだった。

「あの…、どうして、彼が自分の後継人だと知っていらっしゃるんですか？」

雪洋は教授に単純な疑問を投げかけた。

確かに、夏休み前に岡林が木島に命令して、大学の学費の払い込みの手続きの変更、自宅住所の変更、さらには保護者、および後継人の変更を大学事務所に届けさせていたはずだ。だが、それを学部の一教授がいちいち確認していたとは思えない。

そんな雪洋の疑問に、教授は笑って答えた。

「岡林君から直接電話をもらったんだよ。君の後継人になったので、今後ともよろしく指導してやってほしいとね」

あの岡林がそんなことをしていたなんてと驚きながらも、あの男ならやりかねないような気もして、雪洋は苦笑を漏らすしかなかった。

律儀というより、手回しがよすぎるのだ。

「実は、その…、諸事情がありまして…。今はそういうことになっています」

雪洋の言葉を聞いて、教授は深く詮索しないままに黙って頷いた。もしかしたら、彼も岡林の家庭の事情をある程度は知っているのかもしれない。

「彼は元気かね？」

そう訊かれて、今度は雪洋の方が黙って頷いた。この夏に殺されかけましたなどと言っても、どうなるものでもない。

教授はそんな雪洋の複雑な表情を見つめながら、まるで悔やんでも悔やみきれない過去に思いを馳せるように言う。

「どうして、彼のような優秀な人物が学問の道を歩むことができなかったんだろう。わたしは、どれほど説得したかわからないんだよ。それでも、彼はあれほど情熱を傾けていた電子工学の世界からあっさりと足を洗ってしまった」

それは、木島が言っていたとおり、世間では認められることのない家業を継がざるを得なかったからなんだろう。

あの世界のしがらみは、雪洋にはまだ理解できないでいる。それでも、明が死んだことを思い返してみれば、人には個人的な力ではどうにもならないこともあるんじゃないかと思いはじめてもいた。

「祐…、いえ、岡林さんはそんなに優秀だったんですか？」

雪洋は他に言葉が見つからず、教授にそうたずねた。すると、教授は彼との研究の日々を思い出し、いくつかのエピソードを語りながら、それを証明してくれた。

「彼は戻ってくることはできないのかね？」

教授の問いかけは、老いていく自分の研究を誰に託せばいいのだろうと半ば諦めたような声色だった。

岡林は戻ってくることはできない。それは、彼のそばで暮らしている雪洋が一番よく知っている。

彼の手はもう血の色に染まっているのだ。学問の道になど戻ってこられるはずもない。

「岡林さんは、やるべきことが他にもあるようですから…」

それが雪洋の伝えられる、精一杯の言葉だった。すると、教授は諦めと懊悩《おうのう》の表情を浮かべながら雪洋に言った。

「君は…、諦めるなよ。君も優秀な教え子だ。せめて君だけはこの道を志してくれ」

本来は岡林に向けられるべき悲痛な教授の訴えだった。

雪洋は教授に一礼をして、部屋を出たあと考える。

岡林はいったいどんな思いで家業を継いだんだろう。

もしかしたら、東京の大学に進学し、自分の手で必死になって運命を変えようとしていたのかもしれない。

それでも、彼の背負っているものの巨大さはどうにもならなかったんじゃないんだろうか。

たとえば、組の歴史や、多くの構成員達の生活、そして、父親の意向を鑑《かんが》みて、結局は決断せざるを得なかった。

それが岡林の人生だったのだとしたら、雪洋の心に同情にも似た気持ちが湧き起こる。

あの父親のカリスマ性を、兄弟の中で誰よりも強く引き継いだ悲劇だと思えた。

そのとき、ふと入院していたときに言っていた岡林の言葉を思い出した。

『学べるうちにしっかり学んでおけよ』

あれは、岡林の心からのアドバイスだったのだと今ならわかる。

誰もが認めるほど優秀な成績をおさめ、大学院への進級も当然だと思われていた彼が、学問の道を断念しなければならなかった現実。

雪洋は、自分の数奇な運命を怨《うら》んでいた。けれど、もしかしたらそれ以上に、岡林は彼自身の運命を呪っていたのかもしれないと思った。


岡林との生活は大阪から戻ってからも変わらない。

ただ、ときおりフラッシュバックのように明の死が雪洋の脳裏に生々しく甦り、恐怖に苛《さいな》まれた体は緊張から逃れられなくなる。緊張した心はひどく高ぶって、眠れなくなるのだ。

そんなときに岡林に求められたら、雪洋には拒む術はない。

「お前は何も考えなくていい。ただ、俺のそばにいればいいんだ」

そう言いながら、岡林は優しい愛撫を繰り返す。

初めて抱かれたときがあまりにも無体だったせいか、そんな風に優しい愛撫はむしろもどかしいくらいだった。

いっそもっと乱暴に、体が引き裂かれるように抱かれたい。何も考えられなくなるようにしてほしかった。

こんなジレンマは、岡林に知り合わなければ経験することもなかった。でも、この悲しみは岡林にしか埋めてもらえない。

今では体だけではなく、心までが岡林を必要としていた。

「ああっ…、も、もうっ…入れて…」

苦しさと甘さの混じる吐息を漏らし訴える雪洋に、岡林は少し意地の悪い笑みを浮かべる。

「ずいぶんと従順になったたな」

そんな風に言われるのは、たまらなく嫌だった。だから、雪洋は思い出したように岡林の腕の中で暴れる。

すぐに彼の手で押さえ込まれることを知りながら、そうすることがせめてもの自分自身のアイデンティティの証明のような気さえしていた。

なんて安っぽい自己証明なんだろうと思いながらも、やめられない。

「従順なお前も悪くない。今夜はもっと素直になって、俺に縋ってみせろ」

そういう不遜《ふそん》な言葉が嫌なのに、岡林はどうしても理解してくれない。

「もう、嫌だっ。本当はこんなの…好きじゃないっ。全然、好きじゃないから…」

喘ぎながら言う自分の言葉に、どのくらい説得力があるんだろう。

「だったら、どんなのがいいんだ？」

そう言ったあと、岡林は何か意味ありげな薄笑みを浮かべた。

「本当は乱暴にされた方が好きなのか？　最初の頃はあれほど怯えて、抵抗していたくせに、実はそういう性癖か？」

そんな言葉に、雪洋はいまさらのようにカッと全身を朱に染める。

確かに、大阪で明を失った夜、自分はそうしてほしいと岡林にねだった。でも、それは明の痛みを少しでもこの身で知りたいという気持ちからだった。そして、そんなことは百も承知で、岡林はわざと言っているのだ。

だが、からかい半分に岡林が雪洋の髪をつかみ、両手を頭上で一まとめにされた瞬間、下半身から奇妙な疼《うず》きが込み上げてきた。

「あっ…、ああっ…」

驚いたのは雪洋本人で、慌ててそんな股間を隠そうと無駄に身悶えてしまった。

それがかえって岡林の視線を引いてしまい、ひどくものほしそうに勃《た》ち上がっているものを見られてしまった。

「違うっ。そんなんじゃないっ。違…っ、ああっ…」

思わず、言葉の途中で喘いでしまったのは、岡林が雪洋の先走りですっかり濡れているペニスを乱暴に握ったからだ。

「俺には何も隠すな。それがいいなら、そうしてやる。お前が自分でも気づいていない心の奥まで、俺が全部さらけ出させてやるっ」

そんなはずはない。自分はけしてそんな性癖じゃない。

雪洋は必死で首を横に振って否定しようとした。だが、岡林は雪洋の体の反応の方を信じてしまった。

「そのうち、お前を満足させるようなモノを揃えてやるさ。打たれたいのか、汚されたいのか正直に言ってみろ。それとも、見られるのが好きなのか？」

「ち、違うんだっ。本当に、そんなのは好きじゃないっ。し、信じて…」

言い訳を並べる口は無用だと言わんがばかりに、唇で塞がれる。乱暴で強引で、噛みつくようなキスだった。

苦しさに首を左右に振ると唇は離れたが、その代わりというように頬を平手で二度、三度打たれた。

そして、一度ベッドから下りた岡林は自分のワードローブから皮のベルトを取り出してきた。

「い、嫌だ…。どうして…。違うって言ってるのに…。ちゃんとしてるだろっ。逃げたり、暴れたりしてないじゃないかっ」

　そのベルトがどう使われるかわかっているから、雪洋は必死でそう言った。

　だが、岡林はまるで荷造りでもするような淡々とした手つきで、雪洋の手を後ろ手に縛ってしまった。

「こんなのは嫌だっ。やめてくれよっ。祐司さんっ、お願いだから…っ」

「本当に嫌だというなら、自分の体を鎮めてみろ。できなけりゃ、正直に乱れてみせろ」

「そ、そんな…」

　雪洋自身どうしてこうなるのかわからないのに、今これを鎮めろといわれても無理だ。だからといって、正直に乱れろと言われてもそれもできない。

「じゃ、お願いだから、打ったり、ひどくしないでよ。そのかわり口でする。祐司さんのを嘗めるから…」

　どうしたらいいのかわからずに、思わず口から出た言葉は自分でも意外なものだった。でも、今自分にできることはそれしか思いつかなかったのだ。

「お前が、口で？」

　今までずっと岡林の手によって体を自由にされてきた雪洋は、一度も彼の股間に唇を近づけたことはない。

岡林が強要しないのをいいことに、それから逃れていられることを不幸中の幸いのようにさえ思っていた。

でも、このまま自分がいたぶられて感じる性癖だなんて信じてしまわれるなら、それくらいのことをして岡林の気を別のところへ引きたい。

雪洋の言葉を聞いて、岡林はフンと一つ鼻を鳴らしてから唇を歪めるようにして笑った。

「それも一興だな」

アイデアには満足したようだが、だからといって雪洋の戒めを解いてはくれない。

「やるならそのままでやれ。ただし、万に一つでもお前が下手な考えを起こしたら、その代償はでかいぞ。わかってるな?」

さすがの岡林も、フェラチオでペニスを噛み切られることには警戒心があったらしい。

確かに、今までの雪洋なら無理強いをされていれば、噛み切るまでのことはしなくても、それに近いことはしていたかもしれない。

「知ってるか、雪洋。こいつを失うと、男は笑っちまうくらい闘争心をなくすんだ。抜け殻になっちまうか、女狐《めぎつね》のようにズル賢くなるか、二つに一つだ。だが、いずれにしても男じゃなくなる。俺はまだ闘う相手がいるんでな、こいつを失うわけにはいかないんだ」

その言葉を聞いて、雪洋の心の中にわずかばかり巣くっていた復讐心が封印されてしまう。

岡林は、まだ明の仇を討っていない。彼にはまだ闘う相手がいる。それは雪洋にだって理解できることだ。

「口を開けろ」

岡林の言葉に従い雪洋は自分の口を大きく開いた。

ベッドヘッドに背中をもたせかけ、大きく足を開いた彼の股間に唇を寄せる。両手は背中でベルトによって縛られたままだ。

犬のように這いつくばって、岡林の屹立《きつりつ》したものを嘗める。

初めて知る男の味だったが、どうすればそれに快感を与えられるか知らないわけじゃない。

女の子とベッドをともにしたのはもう遠い記憶だった。だが、岡林が雪洋に与えてくれた愛撫ならはっきりと覚えている。

舌を差し出し、先端を嘗めねぶり、唇を窄めて吸い上げ、喉の奥までくわえ込む。何度もそれを繰り返して、岡林の反応を視線で確かめる。

岡林はそんな雪洋を見下ろしながら、呟くように言った。

「場末の飲み屋のバーテンが化けたもんだな。お前、今自分がどれほど淫らな顔をしているかわかってるのか」

わからない。わかるわけもない。

岡林と初めて出会ったバーで働いていた頃の自分など、もうとっくに消え失せてしまった。

「お前を手に入れて正解だった。お前以上の存在は多分この先も見つからないだろうからな」

そんな言葉を聞いて、雪洋はくわえていた岡林のペニスをズルリと口から吐き出して言った。

「お、俺はこんな呪われた人生なんか、そっくり誰かに譲りたい気分なんだ…」

久しぶりに憎まれ口をきいたような気がする。

きっと強烈な平手が飛んでくるんだろうと思った。だが、岡林は手を上げることもなく、雪洋の髪をつかむと顔を持ち上げて耳元で囁いた。

「馬鹿を言うな。お前の心の奥に眠っていた淫蕩《いんとう》な血がもう目覚めてるんだ。そいつを誰が鎮めてくれるっていうんだ？　お前は俺のそばにいればいい。俺のそばにさえいれば、その体は一生飢えることはないんだからな」

それは今までのどんな脅しの言葉よりも怖ろしい囁きだった。

「い、嫌だっ、そんなこと、言わないでっ…。俺は違うからっ、違うから…」

憎まれ口をたたいたばかりなのに、一瞬にして雪洋はひどく狼狽《うろた》えてしまった。そして、続いて囁かれた言葉は今の過酷な現実を知らしめる。

「雪洋、お前がいる場所は俺のそばしかない。忘れるなよ、俺から離れたらお前の存在なんぞ、夏の陽炎みたいなもんだ。すぐに消えちまう」

岡林の言うとおり、大阪の本家に紹介された雪洋は、彼に守ってもらわなければどこから命を狙われても不思議じゃない存在になっていた。

「ひどい…っ、ひどいよ…。俺をこんなにして…。こんな風にするなんて…」

そんな泣き言など聞き飽きた様子で、岡林は雪洋の体をベッドの上で四つに這わせてしまう。

「入れてやる。好きなだけイケばいい」

入れてくれなくてもいい。心の中でそう悪態をついても、体はほしいと求めている。

情けなさに唇を噛み締めてみても、どうしようもなかった。

潤滑剤をたっぷりと施されて、指で慣らされている窄まり。その疼きがじんじんと前にまで響くようで、雪洋は結局惨めな懇願をしてしまう。

「もうっ、いいからっ。そのままで入れてっ。もう、痛くなんかないからっ…」

岡林の固く太いものがその言葉を待っていたように自分の体の中を抉る。それはもう目も眩むほどの快感だった。

そして、体の中を擦り上げられ、思わずあられもない声をあげてしまう。

何もかも間違っている。そう思っているのに、大阪への旅行以来雪洋の中で起きた小さな変化は、まるで細胞が分裂するように、自分の中で広がっていく。

こんな自分は自分じゃない。そう否定すればするほど、心の奥から岡林の声が「嘘をつくな」と囁きかける。

そして、その囁きに身を任せてしまえば、いっそ楽になれるのにと自分でもわかっているのだ。

(本当の自分を認めてしまえば、楽になれるのに…)

でも、嫌だった。岡林の言いなりになるなんて悔しすぎる。

「ああっ、あっ…ああっ…」

こんな風に千々に乱れる気持ちをなんて呼べばいいのかわからない。

こらえている涙はなんの涙なんだろう。悔しさなのか、悲しさなのか、快感なのか、それとも絶望なのか。雪洋は身悶えながら困惑の奈落に落ちていく。

愛されることと、愛すること。雪洋にはどちらもまだよくわからないことだった。

◆◆

厳しかった残暑もようやく落ち着きはじめていた。

そんなある日、雪洋に姉の深雪からの手紙が届いた。封を開けると、懐かしい姉の字が並んだ便箋《びんせん》が二枚綴《つづ》りで入っていた。

内容は何度も電話したけれどつかまらないので、手紙を書いたとのこと。きちんと連絡を入れてほしいということ。そして、この秋の結婚式の日を忘れていないでしょうねという確認の内容だった。

ここのところの慌ただしさで、すっかり姉との連絡を忘れていた。

雪洋は手紙を読み終えると、すぐに受話器を手にした。

すでに小山内と同居を始めている、姉の新居の電話番号を押す。二回の呼び出し音ですぐに姉が出た。

「姉さん、俺。ごめん、連絡入れなくて」

雪洋は姉に責められる前に謝った。

『雪ちゃんなの？　もうっ、どこに行ってたの。なんの連絡もしないから、お姉ちゃん心配しちゃったわよ』

姉の可愛い膨れっ面が目に浮かぶようだった。

「ごめん。ちょっと友達と大阪に旅行に出かけてた。急に決まってさ、連絡できずに行っちゃったんだ」

久しぶりの姉と弟の会話だった。

すっかり忘れていたが、自分には姉という帰る場所があった。姉こそが自分にとってはかけがえのないたった一人の肉親であり、心を許せる存在なのだ。

姉と話をしていると、岡林との悪夢のような出会いから、強姦、そして銃撃戦まで、何もかもが夢だったような気がしてくる。

乾いていた土にみるみる水が染み込むように、傷ついていた雪洋の心にも安らぎが満ちてくるのを感じていた。

『それでね、結婚式は十時からだから、遅れないでね。お姉ちゃんには雪ちゃんだけなんだから。他に親族もいないし、親しいお友達には式場にも入ってもらうことにしたけれど、とにかく、雪ちゃんがきてくれなきゃ始まらないからね』

心配性の姉は何度も雪洋に念押しをする。

「大丈夫だよ。たった一人の姉の結婚式に遅刻するほど間抜けじゃないよ」

『雪ちゃんはしっかりしていそうで、どこか抜けているところがあるから心配なのよ。当日の貸衣装はちゃんと頼んであるからね』

どこまでも世話を焼かなくては気のすまない姉だった。

以前はありがたいと思いつつも、どこかわずらわしさを感じていた姉のおせっかいが、今は単純に嬉しく思える。

そのとき、姉の話す声の向こうからインターホンの音が聞こえてきた。

『あらっ、いけない。一《はじめ》さんだわ。じゃ、雪ちゃん、式の日にね』

そう言って姉の電話は切れた。小山内を迎えるために玄関に駆けていく姉の姿を想像する。幸せを絵に描いたような姿だ。

岡林に脅されたときにはどうなるかと思ったが、どうにか無事に結婚へとたどりつくことができそうだ。

(よかった…)

本当に、心からそう思う。けれど、心のどこかに一抹の寂しさがある。姉はもう「小山内深雪」であり、「沢田深雪」ではないのだ。

ついさっきまで、姉の存在に安らぎを感じていたというのに、またこの世でたった一人取り残されたような寂しさと不安を覚えてしまう。

時計を見れば、夜の九時をとっくに回っていた。昨夜、岡林は戻ってこなかった。

岡林の仕事に関しては相変わらず一切訊きもしないし、知ろうとも思わない。けれど、こんなときは帰ってこない岡林が無性に恨めしくて、そして、恋しい。

情けなくても、この体が岡林を求めて疼いているのを知っているのは自分自身だ。

いつの間にこんなにも慣らされてしまったんだろう。

どんなに悪態をついても、それを聞いてくれる相手さえいないこの広々とした部屋までが恨めしい。

一人キッチンに入りパスタを茹《ゆ》でた。トマトソースの瓶詰めを開けて、鍋に移して温める。

昔は姉の帰りが遅いとき、よく一人で食事をしていた。今も岡林が遅いときは一人で適当に作って食事をすます。

ふと、明が生きていた頃を思い出した。

雪洋の体がひどく不自由なときは、何くれとなく世話を焼いてくれた。

それから二人の心が通い合うようになった。

明が手際よく朝食や夕食の用意をするのを見て、雪洋もよく手伝った。恐縮しまくっている彼の横で一緒に鍋を振ったり、皿を洗ったこともある。

一見不器用そうな手をした彼が淹れるお茶はなかなかの味だった。

『俺、事務所で長くお茶淹れしてたからさ、自信あるんだよ。紅茶でも日本茶でもコーヒーでもな』

そう言って笑った顔は、年上の男とは思えないくらい可愛らしかった。

改めて明はもういないのだと思うと、涙腺が緩みそうになる。けれど、もう泣くまいと誓った。

自分よりも明の死を悲しむべき人は大勢いる。岡林を含め、その連中は今も明の仇を取り、岡林襲撃のカタをつけるために奔走している。

ようやく茹で上がったパスタにトマトソースをかける。キッチンのサイドテーブルで一人食事をしながら窓の外を眺めた。

十階から見下ろす街の灯《あか》りはなんだかひどく寂しいものだった。

あの灯りの一つ一つの下で、どれほどの人間が今夜孤独を噛み締めているのだろう。今の自分ほど孤独の中に取り残されている人間はいるんだろうか。

雪洋は一人の食事を終えると、キッチンのカレンダーに丸をつけた。九月二十八日。

姉の結婚式まであと二週間。

岡林は今夜も帰ってきそうにもなかった。


姉の結婚式の日、岡林は雪洋用に仕立てた礼服を出してきて渡してくれた。

「この間スーツを作ったときに一緒に作らせておいた。それから、今日は木島をつかせるから車で送ってもらえ」

そう言うと、組の若い者の迎えとともに岡林は出かけていった。

木島を雪洋につけるのは、明を撃った犯人をまだ捕まえていないからだ。

今では岡林の連れ合いとして雪洋の存在を知る人間も少なくない。たとえ目的が岡林であっても、なんらかの事情で雪洋に危害が及ぶ可能性もある。それゆえの配慮なのだろう。

ぴったりに仕立てられた礼服を着て、雪洋が髪を整えたとき、木島がリビングに入ってきた。

「お早《はよ》うございます。式場までお送りするように言われてきました。準備ができましたら下に車を回してありますので…」

いくら雪洋が恐縮して遠慮をしたからといって、木島が引き下がるわけもない。

準備を整えた雪洋はエントランスに下りて、用意された迎えの車に乗り込む。

いつもは組の若い者が運転して、木島は助手席に着くことが多いが、今日は彼が自ら運転してくれるらしい。

「俺のプライベートな外出に、木島さんの手をわずらわせて申し訳ないです」

雪洋の言葉を聞いた木島は、小さく頭を振ると「いえ」とだけ言った。

そして、木島に対して明のお悔やみを言っていなかったことを思い出した雪洋が、神妙な面持ちでつけ加えた。

「いまさらかもしれませんが、明には気の毒なことをしました。木島さんにとって、明は弟のような存在だったと聞きました。俺にとっても、祐司さんと暮らすようになって、初めてできたこちらの世界の友人でした。俺が大阪についてきてほしいと言わなければ、こんなことにならなかったのに…」

言葉にした途端、また後悔の念が込み上げてきて、雪洋は言葉に詰まる。

そんな雪洋を思いやるように、木島が言う。

「明は本望だったと思います。いつも口癖のように代行と雪洋さんのためなら死ねると言っていましたから」

「そうですか…」

本当はそんなきれいごとではないとわかっている。けれど、そうやって明の死が意味のあるものだったと思わなければ、この世界の現実は辛すぎる。

「今日は、祐司さんは？」

木島が自分につき添っていて、岡林の方は大丈夫なんだろうか。ふと心配になった。

「土地がらみの仕事がごたついておりまして、今日から地方に出かけていらっしゃいます。おそらく二、三日は東京には戻れないでしょう。岡林さんから何も聞いてらっしゃいませんか？」

何も聞いていない。雪洋自身が、岡林の世界と自分の世界は違うのだから、何も知りたくもないし、聞きたくもないと言っていた。だが、こんなときにはさすがに気になってしまう。

今朝も地方へ行くなどとは一言も言わずに慌ただしく出かけていった。雪洋は少しばかり疎外感を感じながらも、それを押し隠してたずねた。

「まさか、また大阪？」

「いえ、今回は静岡です。静岡は束の息のかかった土地なので、心配されることもないですよ」

木島は雪洋の不安を払拭するように、少し笑って答える。

「べ、べつに、あいつのことなんか心配してないよ」

そう言って、そっぽを向いてから雪洋はハッとした。

拗ねた勢いで、うっかり岡林のことを「あいつ」と呼んでしまった。このことは以前にも木島に戒められていたし、死んだ明とも約束をしていたというのに…。

「ごめんなさい。俺、そういうつもりじゃ…なかった」

雪洋は木島の方を向いて、ボソリと詫びの言葉を呟いた。

「いえ、雪洋さんの気持ちはわかっていますから…」

自分の気持ちをわかっている？　そんなはずないじゃないかと言いたかった。

でも、木島がわかってくれたのは、「あいつ」と呼ぶつもりじゃなかったのに、うっかりと口にしてしまったことを理解してくれたに過ぎないと気がついた。

雪洋の気持ちは誰にも理解できるわけがない。自分自身でさえ、もう心を見失いかけているのだから。

「どうして、俺だったんですか？」

雪洋は唐突に木島にたずねた。

聞かれた木島は質問の意味がわからないのか、黙ったまま答えない。

雪洋はもう一度たずねる。

「祐司さんはどうして俺を選んだんですか？　俺にはどうしてもわからない。わからないまま祐司さんと一緒に暮らしていくのが怖いんです…」

そんな雪洋の言葉に納得したのか、狭い住宅街で巧みにハンドルを切りながら木島は微かに唸《うな》るような声を漏らした。そして、しばらくの沈黙のあと、口を開いた。

「わたしは大阪にいる頃から岡林さんのそばで勤めてもう二十年以上になります。それでも岡林さんの考えていることは未だに理解できないことが多いんです。あの方は難しい。わたしのような学のない人間には、どうしてもわからないことがたくさんあるんです」

木島は何から言えばいいのか考えたあと、ずいぶんと昔に遡《さかのぼ》って話しはじめた。

「大学に通っていらした頃は、今の雪洋さんと同じで、まったく普通の学生という感じでしたよ。友人の方達と飲み歩いたり、レポート作成のために徹夜したりしてらしたのを覚えています」

おそらく、岡林は自分の身分をひた隠して、一学生として勉学に励み、彼なりの青春を謳歌していたんだろう。

自分が今歩くあのキャンパスを、友人達と闊歩する岡林の姿を想像して、雪洋は少しだけ頬を弛めた。

「けれど、卒業を前にして、大学院に残るか、家業を継ぐかでかなり悩まれていたのは事実です」

それは大学の教授にも聞いた話だ。

「で、結局家を継いだんだね」

「ええ。そのへんの事情はいろいろありまして…」

と言ったまま口をつぐんでしまった。おそらく、聞きたければ岡林に直接聞けばいいということなんだろう。

「雪洋さんの質問されたことですが…、正直言いますと、わたし自身も戸惑いがなかったといえば嘘になります。組の中でも、岡林さんが雪洋さんを選んだことに反発を感じる者もいました。あの若松も最初はそうでしたからね」

それを聞いて、雪洋は少し頬を引きつらせてしまった。

明は最初から雪洋に好意的な気がしていた。なのに、彼でもやっぱり男同士という関係には抵抗があったのかと、いまさらのように思い知らされる気分だった。

「もし、雪洋さんがきれいなだけの高慢な人形なら、その反発もさらに大きかったと思います。けれど、雪洋さんはそうじゃありませんので…」

木島が言うには、雪洋には内面から滲み出てくる何かがあるのだと言う。

それは雪洋自身はわからないものだが、岡林達のような明日をも知れぬ命のやり取りをしている人間に与える何かがあるらしい。

「こういう汚れた水でしか生きていけない人間でも、雪洋さんを見ているとふと自分も普通の世界にいるのではないかという錯覚が起きるんです。わたしのような汚れきった者でさえそうです。我々はそんな些細《ささい》な錯覚が嬉しいんですよ」

そういうものなのかと、雪洋はわからないままに黙って聞いていた。

「これだけは誓って言えますが、あのバーに入ったのは偶然でした。あの夜は、たまたま適当な店の扉を押してみる気になっただけなんです」

「それは信じるよ」

その後、雪洋の身辺を徹底的に調べた岡林だから、その出会いから疑おうと思えば疑えないわけではない。だが、あの夜の出会いが偶然だったことは信じられる。

「ああいう店では我々を見れば逃げ出すか、迎合する者がほとんどです。だが、雪洋さんは気丈でしたからね。岡林さんにとっても新鮮だったんだと思います」

気丈なんかじゃなかった。

あのとき、雪洋だって店を逃げ出せるものならそうしたかった。けれど、岡林に手を取られ、彼に圧倒されながら、それでも自分も男なんだと主張したい気持ちの方が勝ってしまっただけなのだ。

今思えば、弱い犬が大きな獣に向かってぎゃんぎゃん吠えていたようなものだと思っている。

そして、その結果があのザマだ。

「実は、あの夜…」

と言いかけた木島が言葉を濁す。

雪洋の顔をバックミラーでチラリとうかがったのがわかった。きっと言いにくいことなんだろう。

「雪洋さんが初めて岡林さんのマンションで過ごされた夜のことですが、私はあのあと、岡林さんに電話で呼び出されまして、部屋に戻ったんです」

「えっ…」

それは初耳だった。

あの夜は無理矢理岡林に抱かれ、気が狂うほど泣き喚いたあげくに失神してしまった。目が覚めたのは翌日の明け方だったのだ。

「思い出したくないかもしれませんが、本当にあのときはひどい有り様でした」

岡林に呼び出された木島の行動を聞かされているうちに、雪洋の頬がカッと熱くなる。

『雪洋が動かない…』

マンションに戻るなり、岡林にそう言われた木島は一気に酔いが冷めていくのを感じたと言う。岡林が抵抗する雪洋に業を煮やして、殺してしまったと思ったのだ。

木島は雪洋に対する哀れみと同時に、いつもの癖で死体をどこでどう始末するか思案していたと言う。

「因果な習性ですね。死体と聞けば、すぐに始末の方法を考えてしまうんですよ」

そう言いながら、うっすらと笑みを浮かべる様子には、さすがに背筋が冷たくなった。だが、それほどにベッドの上に横たわる雪洋の姿は壮絶だったらしい。

「突っ込み（レイプ）そのものでしたよ」

そう言った木島の言葉に雪洋は思わず顔を伏せた。

木島という男は、ありのままのことを報告する以外に言葉を持たないらしい。淡々とあの夜の事実を語って聞かせる。

木島がドロドロに汚れたまま横たわる雪洋の手首を取ってみれば、そこは規則正しく脈打っていた。見れば薄い胸板もきちんと上下している。

『雪洋はどうなったんだ？』

岡林にたずねられて、失神しているだけで、命に別状はないとそのままを答えた。そんな木島の言葉を聞くと、岡林は一瞬安堵の表情を浮かべ、それから照れたように笑ったと言う。

なんとも岡林らしくない行動だった。

岡林が血も凍るほど残虐に人を嬲《なぶ》り殺せることは木島もよく知っていた。そんな彼が、失神しているだけの雪洋に狼狽《ろうばい》して、木島を呼びつけてしまったというのだ。

「あのときの岡林さんの様子には、わたしの方が驚かされましたよ」

それはまるで大事な宝物を愛しく思い、大事にしすぎたあげく、壊してしまった子どものような反応だったと言う。

だが、そんなことを聞かされている雪洋の方は、居たたまれない気分だった。

「あんな岡林さんは初めて見ました。わたしは、岡林さんがこの二十年でつき合った女はすべて知っています。だが、雪洋さんはその誰とも違う存在です」

それほどに愛されていると言いたいんだろうか。けれど、そんな愛情に自分はどうやって応えたらいいのかわからない。このままでは体ばかりか、魂ごと貪り食われてしまうような気がして怖いのだ。

やがて、式場が近づくと木島は思い出したように雪洋に言った。

「雪洋さん、今話したことはどうか岡林さんには内密に願います。指の一本や二本ならいつでも覚悟していますが、わたしも破門だけは困りますから」

木島の言葉が冗談なのか、本気なのか、判断のつかない雪洋は曖昧に笑って頷くしかなかった。

式場に到着して車を降りようとしたとき、木島が雪洋に向かって言った。

「わたしは車の中で待っています。終わりましたらまたマンションまでお送りしますので」

帰りは何時になるかわからないからタクシーで帰ると言ったが、木島は頑なに岡林の命令だからと言い張った。

せめてロビーでお茶でも飲んでいてほしいと言っても、自分のような者が式場の近くをうろついているのは目立つので、それも遠慮しておくと言う。

そんな木島の心遣いに雪洋は感謝した。確かに今日ばかりは岡林の生きている世界とはまったく別の空気を味わいたかった。

死んでいく明の体を抱き締めながら、自分の体にも確かに血の匂いが染み込んでいくのを感じた。あんな修羅場を何度も何度も潜り抜けているからこそ、岡林や木島には残酷な血の香りがするのだ。今や明の血を吸った自分の体も、おそらく以前と違った匂いを発しているに違いない。でも今日だけは、何も知らなかった頃の自分で式に出席したかった。

姉の結婚式はけして華美なものではなかった。それでも、二人の幸せが周りの者達までを幸せにしてくれるような、心暖まるいい式だった。

「姉さん、おめでとう。ちゃんと奥さんやれよ」

式のあと、雪洋は姉に向かって屈託のない笑顔で言った。それから小山内に向かって、改めて姉をよろしくお願いしますと頭を下げた。

「深雪さんのことはまかせてくれよ。それより、雪洋君も何か困ったことがあったら、遠慮せずに相談してくれよ。もう兄弟なんだからさ」

小山内はニコニコ笑って雪洋の肩を叩く。

たおやかな印象を持つ美貌の姉に比べて、小山内の容姿は一言で言うと「クマ」だ。

濃い髭に覆われた顔の下半分。眉毛はいつもハの字に下がっていて、細い目が優しそうに笑みをたたえている。そんな小山内に甘えるように寄り添う姉は本当に幸せそうだった。

そんな姉の姿を見ながらも、雪洋は一抹の寂しさを感じずにはいられなかった。

もう姉は自分だけのものではない。小山内と家庭を持ち、やがて子どもが生まれ、普通の家庭を築いていくんだろう。

そんな姉に比べて自分はどうなるんだろう。岡林と暮らし、男同士の不毛なセックスを続け、ときには命の危険に怯えながら、これからの月日を重ねていくんだろうか。

すぐそばで友人達に幸せそうな笑顔を振りまく姉がいる。

なんだかその笑顔が見ず知らずの他人のような気がして、雪洋は思わず目を伏せてしまった。

◆◆

姉の結婚式を終え、マンションにもどったのは夜の七時を過ぎていた。

マンションの前まで送ってくれた木島はその足で事務所に戻ると言う。雪洋は改めて今日のお礼を言うと、エントランスの前で車を降りた。

今日に限って、誰もいないマンションに戻る寂しさは格別なものがあった。

自分が出かけたときのままに整った部屋の中を見て、ほぅっと溜息を吐く。

礼服を脱ぎ、ハンガーに掛け、ワードローブの取っ手部分に引っかける。それからシャワーを浴びようと浴室に向かう。

木島の話だと岡林は今夜も帰ってこない。

そのとき、ふと不安にも似た胸騒ぎがして、雪洋は電話に向かう。

岡林の携帯電話に連絡を入れたことは一度もない。けれど、緊急のときのために、リビングボードの上の小物入れの中に、岡林の名刺が入れてあった。

それを手にすると、じっと電話番号を眺めた。チラッと電話を見て、またどうしようかと悩む。

電話一本かけるのにこれほどまでに思案しているなんて、呆れた「バシタ」もいたもんだと雪洋は自嘲《じちょう》気味に笑った。

そのとき、突然電話のベルが鳴り、雪洋は飛び上がらんばかりに驚いた。慌てて受話器を持ち上げると、それは岡林からだった。

『雪洋か？　俺だ。結婚式はどうだった？』

今朝は慌ただしく部屋を出ていった岡林だが、あれから一日もたっていないのに、なんだか彼の声が妙に懐かしい。

「姉貴がすごくきれいで、幸せそうだった」

雪洋の説明に、岡林が「それはよかったな」といつもと変わらぬ、落ち着いた口調で言った。

「祐司さん、今、どこ？　静岡からかけてるの？」

『いや、静岡行きはキャンセルした。今は都内の事務所だ。雪洋、俺を狙って若松を殺《や》った奴を捕まえた。お前もこの男には一言挨拶がしたいだろう。迎えの車をやった。すぐにこっちへこい』

言うことだけを言うと、岡林はさっさと電話を切った。

雪洋の心臓が跳ね上がる。

明を撃った犯人を見つけたというのは本当なのだろうか。岡林が静岡行きをやめて、まだ事務所にいるというのだから間違いないんだろう。

雪洋が部屋の鍵を手に玄関に向かうと、タイミングよくインターホンが鳴る。扉を開けたら、そこにはさっき帰ったばかりの木島が神妙な顔つきで立っていた。

「岡林さんからの連絡で、今すぐ雪洋さんを事務所に連れてくるようにと言われまして」

「わかった」

雪洋もいささか緊張した表情で頷くと、その足でスニーカーをつっかけ木島に従った。

「明を殺ったのは誰？」

エレベーターで一階へ降りていくときにたずねた。

「新居浜組の残党だという話です」

「新居浜って、祐司さんが以前に潰したっていう…？」

「はい。ほとんどの残党は岡林さんの指示どおりうちへ取り込んだんですが、なかには首を縦に振らない者もいまして…」

「そういう連中はどうなるの？」

言いにくそうにしている木島の言葉を代弁するように、雪洋が言った。

「殺すの？」

「すみません…」

木島はまるで自分の責任でもあるかのように詫びる。

「木島さんが謝ることはないよ。で、明を殺ったのは、その新居浜組の残党なんだね」

「一応はそういうことに…」

断定することを避け、木島は車に乗り込むとすぐに発進させた。

雪洋はただ不安そうに車の後部座席で爪を噛んでいる。対向車のヘッドライトが、そんな雪洋の青ざめた顔を照らしていった。

雪洋が連れてこられた岡林の事務所は、六階建ての比較的こぢんまりとしたビルだった。が、都内のこの場所で自社ビルである。光倫会白神組の経済力を改めて思い知らされた。

「こちらです」

木島に案内され、四階まではエレベーターで上がる。

「ここからは階段です」

その階段は妙に狭く、人が二人やっとすれ違える程度の広さしかない。

「なんだか奇妙な建物だね」

雪洋が素直な印象を口にする。

「商売柄、ビルにも工夫が必要なんですよ」

その言葉に、雪洋は以前読んだ小説にそんな記述があったのを思い出していた。

警察の手入れや、他の組の襲撃を受けた際に、狭い階段はバリケードの役目を果たすらしい。一見こぢんまりとしたビルは、見えない部分に金をかけた、要塞のような建物だった。

案内についてビルの六階まで上がる。そこに岡林の部屋があった。

「どうぞ、こちらです」

木島が一歩下がって雪洋に先に行くように促した。雪洋がノックをして扉を開ける。そこには机の前に座って煙草の煙をくゆらす岡林がいた。

組事務所にいる岡林は、なんだか自分の知っている人間とは違うような気がして、微かに震える。

冷たい印象の男だと思っていた。けれど、マンションで雪洋といるときの岡林は、あれでも充分に肩の力を抜いていたのだとわかった。

「祐司さん、明を殺った奴は…？」

雪洋は単刀直入に訊いた。

「今案内してやる」

そう言って煙草を灰皿に押しつけると、席を立つ。

岡林は木島と雪洋を伴い、隣の部屋へと移った。そこは書斎になっていて、ところ狭しと書棚が並んでいる。

自分達が暮らしているマンションの書斎にも相当量の本がある。岡林はこんな稼業でありながら、かなりの読書家なのだ。

部屋の奥の壁にはバルティスの習作らしき絵が掛けてあった。サイズは小さい。だが、本物に違いない。

大阪の橋口本家の応接間を飾っていたセザンヌよりははるかに安いだろうが、いかにも金にあかして買ったという絵とは違う。

これは岡林が自分の目で選んでいることがわかる。いい趣味だと思った。

岡林の合図で木島がその額を少しずらして、そこにあるボタンを押す。すると、壁だと思っていた部分が静かに横へとスライドして、小型のエレベーターが現れた。

驚いた雪洋は、促されるままに二人と一緒にそれに乗り込む。

エレベーターは一気に地階まで下りた。三人が降りたのは地下二階。ドアが開くと、すぐ目の前に重く黒い鉄の扉があった。

「若松をやった奴はこの中だ」

岡林の言葉に雪洋はゴクリと唾を飲み込み、小さく喉を鳴らした。

木島が鉄の扉をノックする。顔の高さにある小窓が開き、中から男がこちらを確認したかと思うと、扉が開く。

岡林が雪洋の肩を抱き、中へと入っていく。続いて木島も中に入り、重い音を立てて扉が閉められた。

ムッとするほどに湿度が高く、雪洋は眉を顰める。十畳大の大きさの室内はコンクリートの打ちっ放しで、ところどころどす黒いシミができている。天井近くには小さな換気扇が二つ並んでゆっくりと回っていた。

部屋の中には五人の男がいた。男達は岡林が入ってきたことで、急に緊張した面もちになる。だが、すぐそばにいる雪洋を見た途端、彼らがハッと息を呑むのがわかった。

そして、雪洋自身も彼らの視線に含まれる複雑な心境を理解した。考えてみれば、木島と若松以外の組の人間と雪洋が顔を合わせるのはこれが初めてだ。

その中には雪洋が岡林と初めて会った夜に一緒にいた者は見あたらない。誰もが初めて岡林の選んだ人間を目の当たりにしているということだ。

男だということは聞いているはずだが、今自分は彼らの目にどんな風に映っているんだろう。

呼び出されてノコノコときてしまったが、急に後悔の念が込み上げてきた。そして、そんな後悔が確かなものになったのは、彼らの足下に両手両足を荒縄で縛り上げられた男が一人転がっているのを見たときだった。

入り口に背を向けているので、その顔は見えなかったが、ひどく暴行を受けた様子は見て取れた。

「どうだ、吐いたか？」

岡林の問いに一人の男が面目なさそうに頭を下げて、首を小さく横に振った。

「申し訳ありません…」

「まぁ、いい。無理に聞き出さなくても、だいたいのところは想像がついている」

そのとき、床に転がっている男が小さく呻いた。その声に雪洋の視線は改めて男に釘付けになる。

男の周りには肉片のこびりついた爪が散乱していた。それにやはり肉片と血がついた白い石のようなものがざっと見ただけでも二十近く転がっている。

「奴を起こせ」

岡林の命令で、若い舎弟が明を殺った男を蹴り上げ、そして、その頭髪をつかんで顔を上げさせた。男は老人のように口をすぼめていた。また、顔の上半分は酷く腫れ上がり、目はその膨れた肉に埋もれていた。

「ずいぶん顔つきが変わったな。雪洋に若松を殺った奴と対面させてやろうと思って連れてきたんだが、これじゃ人相も何もあったもんじゃない」

岡林が喉の奥を鳴らして笑った。そのとき、雪洋は床に散らばった白い石のような物が男の歯であることに気づいて、一気に嘔吐感が込み上げてきた。

「これではしゃべりたくても、もうしゃべれんだろう」

おそらく、ペンチのようなもので十本の指の爪を剥がされたあと、すべての歯を引き抜かれたに違いない。

「今回の帰郷のことを知っていた者はそう多くはない。お前が律儀に口を閉ざしていても、無駄なことだ。このカタはゆくゆくきっちりつけてやるさ。なぁ、木島」

岡林にそう問われて、木島は真剣な表情で頷く。

岡林が雪洋を伴って帰郷すると決めたのは、まったく急な話だった。それは新居浜組の残党ごときが知り得る情報ではなかったはず。

おそらく本家の誰かがこの男に情報をリークし、岡林狙撃をそそのかしたのだろう。それが誰なのか、この世界に極めて疎《うと》い雪洋でも想像がついた。多分、橋口定信か、弟の清。

関西を自分達の力で牛耳るために、岡林を関東に出したものの、その制圧が思ったより早く進んでいることに焦っていたのかもしれない。

今はまだ九代目が生存しているが、明日をも知れない病状だ。岡林自身もあの兄弟に脅しめいたものをかけていた。いつまでも九代目の威光を笠に着て勝手をするならば、東からの返り討ちに遭うかもしれないと。

事実、積年の怨みがある岡林にとっては、橋口組の存在を存続させることに特別な意義は感じていないと常日頃から言っている。

橋口定信と清の二人にとっては、岡林はいつ自分達に刃《やいば》を向けてくるかもしれない危険な存在だ。それなら、新居浜とのもめ事に乗じて早めにその危険分子を片づけてしまおうと思っていたとしても不思議ではない。

新居浜の残党は体のいい「鉄砲玉」に使われたということになる。

そして、その計画は失敗し、明が死んだ。

「さてと、しゃべれないなら、もう用はないな。消えてもらおうか。ただし、お前は俺の舎弟の若松を殺った。その罪を償ってから消えろ」

岡林の言葉に、男はすっかり人相の変わってしまった顔を左右に振った。くぐもった呻き声が洩れる。けして意識を失わないように、じっくりと責めあげる拷問に、男は発狂寸前だった。

「そいつの手をほどいてやれ」

岡林が命令し、ロープが解かれる。

「お前は右利きか？」

男は答えない。答える余裕などないのだろう。

岡林は木島に手を差し出す。木島はすかさず黒い皮の手袋をその手に載せた。岡林が続けてたずねる。

「若松を撃った拳銃の引き金を引いた指はこれか…」

そう言いながら、黒い手袋をはめた手で男の右手の人差し指をつかむ。

「この指は雪洋にやろう。若松は雪洋にとってもいい友人だったからな。仇を討たなければ気がすまんだろう」

生爪を剥がされた無惨な指は一気に手の甲の方へと押し曲げられ、コキッと小さな音を立てた。

歯のない口から涎《よだれ》とともに奇妙な叫び声が洩れ、折られた人差し指は意志を失ったかのようにだらりと垂れ下がる。

雪洋は悲惨な光景に思わず目を背けた。

これが現実のこととは思えない。まるで映画のワンシーンの中へ放り込まれたような錯覚を起こしていた。よろめいた雪洋の体を木島の巨体が支えた。

岡林は手袋を脱ぐとそれを床に捨て、それから舎弟の一人に命じてナイフを用意させた。歯のない口で泣き叫ぶ男は両脇を抱えられ、部屋の中央に用意されたパイプ椅子の上に右手だけをのせられる。

「こい、雪洋」

岡林に呼ばれ、木島に軽く背を押されて、雪洋はふらふらと部屋の中央へと歩み寄る。その雪洋の手にナイフが握らされた。

「若松を殺った指はお前のモノだ」

そう言って、ナイフを持たせた雪洋の手に自らの手を添えると、刃先をそっと男の指の付け根に押しつけた。

「骨は折ってある。あとは肉だけだ。お前の力でも簡単に切れる」

そう囁く岡林はうっすらと微笑んでいた。

まるで姉の結婚式の、ウェディングケーキへの入刀のような仕草だった。

雪洋の背後から手を添えて、岡林は一気に力を込める。

ズクッと嫌な感触が雪洋の手に伝わり、男の指が切り離された。

悲鳴を放つ男の顔が霞んでいく。雪洋はそのまま意識を失い、その場に崩れ落ちてしまった。


気がつけば雪洋は地下の部屋から連れ出され、事務所の書斎のカウチに横になっていた。

目の前には岡林が煙草を吸いながら座っている。体を起こそうとすると、岡林は煙草をそばの灰皿でもみ消して訊いた。

「気分はどうだ？」

たずねられて、雪洋は思わず両手で顔を覆った。

「信じられない。なぜあそこまでする必要があるんだ？」

「落とし前をつけた、ということだ」

「あんた達、みんなおかしいよ。現実のこととは思えない…」

岡林が雪洋の両手をつかみ、覆った顔から引き剥がす。雪洋は虚《うつ》ろな目で岡林を見つめる。

いくら明を殺したとはいえ、その男の指をこの手で切り落としてしまった。あの生々しい感触は、きっと一生消えることはないだろう。

そして、そんな猟奇的な行為を眉一つ動かさずにやってのけるのが岡林という男だ。

自分がどういう男と一緒に暮らし、抱かれているのか改めて思い出し、雪洋は心から深い怯えと困惑を感じていた。

「これが俺の生きている世界だ。まぎれもない現実だ。狂っていると言うならお前も一緒に狂ってしまうんだな」

岡林はそれが当然のことだとばかり、淡々と言った。

「いっそ、本当に狂ってしまいたいよ…」

雪洋は空を見つめながら、そう呟いた。心からの呟きだった。

けれど、人間はそう簡単に狂うこともできないのだ。

◆◆

あれから数週間が過ぎた。

岡林による新居浜の残党狩りはほぼ終わったらしい。

大阪から戻ってからというもの、雪洋の身辺を常に組の人間が遠巻きに警護してくれているのは知っている。

いっときは、雪洋自身もちょっとした外出にも神経をつかっていたが、今は以前ほどではなくなった。

関西の橋口組は、今神戸の新興勢力との争いが激化していることもあり、関東に手を伸ばしている余裕もないと聞いた。

それに、あれから幸いなことに病状が安定してきたという橋口誠三の睨みがきいているのかもしれない。

それでも、大学へ通う以外雪洋は、ほとんど自分の部屋にこもったまま過ごしている。身の危険のことはともかく、気持ちの方がふさぎ込んでいたからだ。

そんな雪洋を見て、岡林もあえて何も言わずにしたいようにさせてくれていた。

あんな冷徹な男でも、雪洋に対しては少しは気遣いをみせてくれているのだ。

ただ、ベッドの中では相変わらず強引なことが多い。

大阪から帰ってからしばらくは気味が悪いくらい優しかったが、明を殺した男を始末してからはまた以前のように傲慢《ごうまん》な態度で、雪洋をねじ伏せる。

「従順になったかと思えば、またしつけのし直しが必要なようだな。まぁ、いい。ぞんぶんにしつけてやるさ。望むところだ」

岡林がそう言ったのは、雪洋のせいもある。

それは、雪洋が強引なセックスの方が興奮するのだと勝手に思い込んだからだった。

明の死後、すっかり心が萎縮したような状態だったとき、確かに雪洋は自ら岡林の腕に飛び込んでいた。安心できるのは、とにかく岡林の胸の中にいるときだけだったから。

そして、明の死の苦しみを自ら体験するためには、岡林にこの体をひどく嬲ってもらうのが一番手っ取り早いと思っていた。

そんなとき自分の体が過剰に反応を示したのは単なる偶然であって、本当じゃない。そう信じていたし、そんな風に自分に言い聞かせている最中に起きたあの地下室の一件。

あの凄惨な制裁と落とし前の現場に立ち会ってから、また雪洋の中に岡林に対する不信感が芽生えていた。

いや、岡林に対する不信感というより、単純なショックだったのかもしれない。

岡林の手は何人もの人間の血にまみれているのだということはわかっていたのに、目の当たりにしたのはあのときが初めてだった。

自分自身が殴られ、血塗れにされたときの恐怖とは違う。もっと、凄惨で、嘔吐さえ込み上げてくる非道さだった。

彼の生きている世界は、あまりにも自分とかけ離れていることを思い出してしまった。

そんな岡林にこの体をあずけることに、いまさらのように不安が込み上げてきたのだ。

自分の唇に、当然のように落ちてくる岡林の唇。

出かけるときの優しくて軽いキスとは違って、それは乱暴なくらい深い口づけになることがわかっているから、思わず顔を背けてしまう。

「やめてよ。無理強いされるのは嫌いだ」

その夜、ベッドで素直に口づけを受けようとしないことに苛立った岡林が、雪洋の両手を一まとめにして押さえつける。

「お前に選択の権利はない。お前は俺のモノだ。まだ理解できないなら、今度こそ骨の髄までわからせてやろうか」

そう言って、噛みつくようなキスをされる。

雪洋が従順なら、岡林は誰よりも優しい。雪洋が心に不安や疑問を抱えて、反抗的な態度を取れば、岡林は力でそれをねじ伏せようとしてくる。

どう扱われたいのか、自分で考えて態度で示せと言われているようなものだった。

キスの深さにいつものように目眩を感じながら、雪洋は自分の体に触れている岡林の手の温もりを感じている。

「んんっ……あっ……」

唇が離れた途端に漏れてしまうのは、情けないほど甘い吐息だった。

「今夜はどんな風にされたいんだ？　お前のいいようにしてやる。言ってみろ」

「だったら、このまま眠らせてよ。今夜はしないで…」

そう呟きながら、岡林の意地の悪さを恨めしく思う。

慣らされた体がほしがっているのを見抜いている。そして、事実、雪洋の体は岡林自身がほしくてどうしようもなくなっている。

「素直になれないなら、このまま朝まで嬲ってやろうか。木島に言って、お前の喜びそうなものも買ってこさせてあるぞ」

そう言ってベッドの下に手を伸ばした岡林が、黒いブリーフケースを引っぱり出してきた。

床の上でそれを開いたかと思うと、雪洋の二の腕をつかんでベッドの上から見るように無理強いをする。

「ひっ、いっ、嫌だって、嫌だって…言ったのにっ…。なんでっ…」

そこにおさまっていたのは、グロテスクな形の張り型のようなものや、医療用の浣腸《かんちょう》器具らしきもの。そればかりか、ひどく卑猥な下着などもあった。

こんなもの、絶対に嫌だ。どれだって使われたくない。そればかりか、自分がしょっちゅう顔を合わせている木島に言って買ってこさせたなんてあんまりだと思った。

本当に自分の望んでいるものはそれじゃないと、雪洋は何度も岡林の胸に縋って懇願した。奇妙な形の器具を体の中に入れられるのも、排泄《はいせつ》行為を強要されるのも嫌だ。

「お願い。これ以上俺をおかしくしないで…」

それは本当に最後の最後まで残っていた、爪の先ほどのプライドだった。

「俺に隠し事をしている限り、お前を自由にするわけにはいかん。お前の命を誰かにとられるなんてことは絶対に許せんからな。そのためにも、お前は俺に全部をあずけろ。心の欲求も体の欲求も全部見せてみろ。どこまでも拒むなら、全部片っ端から試して、体に訊いてやる」

岡林の言葉は本気だ。もし、このまま雪洋が折れなければ、朝まで地獄のような責めに合うことになるんだろう。

雪洋は青ざめた顔で訴えた。

「嫌だ…」

「何が嫌なんだ？」

雪洋は泣きそうになっている顔を両手で隠そうとしながら、うわごとのように呟いた。

「そんなもの、何も使わないでよ。本当に好きじゃない。そのかわり、どうにでもして…。祐司さんの好きなようにしていいから…。ただ、俺は、俺は一人にしないでほしいだけだから…」

そんなことを言うつもりはなかったのに、つい言葉になって出てしまった。

「だったら、心配するな。何があっても、俺はお前を手放さない。必ずそばにいて守ってやる」

不敵にそう言った岡林が、雪洋の両足を割り開こうとする。だが、その言葉を聞いた雪洋は何かに弾かれたように体を起こした。

まるで、魂を揺さぶられたように岡林の唇に自分の唇を重ねていく。互いに貪るような口づけを味わったあと、ゆっくりと離れていく温もりに心を奪われながら、雪洋がうっすらを笑みを浮かべて言った。

「本当は…、あんたなんかいらない。でも、祐司さんはそんなに俺がほしいの…？」

誰よりも不遜な岡林に対して、ほんの数秒前までは怯えて泣きそうになっていた雪洋がそんな口をきいたことに岡林が苦笑を漏らしていた。

馬鹿にするならすればいいと思って、雪洋はますます増長したように言葉を続ける。

「ほしいんだよね？　もっと、もっとほしいって思って。俺だけをほしいって思ってよっ。そうしたら、いつかはあなたのものになるかもしれない…」

無言のまま自分の瞳をのぞき込んでいる岡林に、雪洋はもう一度唇を重ねていく。

自分の後ろの固い窄まりはすでに小さな痙攣を起こして、とっくに岡林のモノを迎え入れる準備ができていた。でも、この体を埋めるなら、心まで埋めてほしい。

不安に怯えている今だけじゃなくて、ずっとこの体と心が朽ち果てるまで岡林に所有していてほしいと思っていた。

もし、そうしてやると今一度彼の口が言ってくれるなら、自分自身のすべてを岡林にあずけようと思っていた。

だが、岡林はずっと薄笑みを浮かべたまま、雪洋の体をベッドに押し倒した。そして、雪洋の伸びている髪を片手でつかむと、いきなり笑みを殺して冷たい視線を投げてきた。

「駆け引きは十年早いぞ、雪洋」

そう言ったかと思うと、岡林は雪洋の頬をもう片方の手で軽く叩く。

その痛みは知っている。それは、初めての夜、この部屋で抱かれたときに打たれた痛みだった。

「う、打たないで…」

惨めさならもう慣れた。だから、雪洋は思わずそう口にした。でも、その表情は以前のように岡林の力に完璧に屈服したものじゃない。

岡林は雪洋を必要としている。彼のどこか壊れてしまった心の均衡を保つためには、雪洋という存在が必要なのだ。

きっかけは偶然とか、見た目とか、征服欲とかだったのかもしれない。でも、今の岡林は違う。

多分、雪洋が困惑の中にも切実に岡林を求めているように、岡林ももう雪洋を手放すことができないんじゃないかと思った。

それはうぬぼれでもなんでもなくて、確信だ。

「足を開け、雪洋」

命令されて、躊躇《ちゅうちょ》しながらもゆっくりと足を開く。その両足を持ち上げられて、後ろを岡林の目の前に晒される。

どんな格好で抱かれるのも好きだなんて言えない。でも、こんな風に自分の表情を見下ろしながら、股間と、さらにその後ろの窄まりを見られて、指でなぞられるのはたまらない。

羞恥と屈辱。そして、快感。でも、今夜はそればかりじゃなかった。岡林はおもむろに床に広げてあったブリーフケースに手を伸ばすと、張り型の一つを手にして雪洋の口元に突きつけた。

「嘗めろ」

嫌だと首を振ったら、それで頬を軽く張られた。

「こいつを突っ込んでやるよ。俺を入れる前に、これで絞り取ってやる。久しぶりに泣き喚くお前が見たくなった」

泣き喚く自分。それは初めて出会ったバーでのようにだろうか、それとも、初めてこの部屋で抱かれたときのようにだろうか。

あの頃に比べて、今はこんな狂った現実を冷静に受けとめている自分がいる。

だからといって、張り型で体の中を抉られるなんてことは初めてで、その黒々としたグロテスクな色や形を見ただけでも雪洋の腰は引けてしまう。

「俺のモノだと思って嘗めろ。でなけりゃ、自分が辛い思いをするだけだぞ」

岡林の言っていることはわかる。そして、彼がやると言ったら、どんなことでも必ずやる。彼を試そうとして、怒らせた自分が愚かなのだ。雪洋は諦めて静かに口を開いた。

「ぐぅ…っ、んんっ…」

押し込まれた張り型は岡林のモノほど太いわけではなかったが、温もりをもたない器具はただ固いだけ。そんなモノで口の中を満たされるのはやっぱり嫌だった。

それでも、岡林の見つめる下で、ひたすらそれを嘗め濡らす。やがて、充分だと判断した岡林はそれを雪洋の後ろの窄まりに当てる。

「力を抜け。それとも抵抗して、痛い目をみるのも趣味のうちか？」

緊張で後ろを固くしているのを見た岡林が、どこか小馬鹿にしたように言う。

これ以上無駄な抵抗をしたら、それこそ何を使われて、どんな目に遭わされるかわかったもんじゃない。この張り型だって我慢しがたいが、それでももうそこに押し当てられているのだから、雪洋にはどうにもできやしない。

ゆっくりと息を吐いて、そこを弛緩させる。その瞬間を見逃すことなく、岡林は無慈悲なくらい強引に張り型を押し込んできた。

「ううっ…っ、くぅ…っ」

「どうだ、俺以外のモノをくわえ込む気分は？」

「こ、こんなの、よくない…」

雪洋は両足を持ち上げられたまま、股間を大きく開いて岡林の目の前に張り型をくわえ込んでいるそこを晒している。

「案外そうでもないんじゃないか。前は萎《な》えてないぞ」

「だって、それは…ゆ、祐司さんが見てるから…」

岡林の視線が自分をこんなにも熱くしているのだ。

そんな雪洋の言葉には満足したらしい。岡林はゆっくりと張り型を抜き差ししはじめた。

「あっ、ああ…っ、あっ…」

固いだけのものなのに、それでも体の中を抉られていると、快感がじわじわと自分を支配していくのがわかる。

「しばらくこれで楽しむといい」

そう言うと、岡林は手で支えていた張り型を一気に最奥まで押し込んでしまった。

「はっ、ああっ…うぅ…っ」

それだけでなく、バイブレーションのスイッチまで入れて、彼はベッドを下りてしまった。

「あっ、ゆ、祐司さんっ。嫌っ、嫌だ…。お、置いていかないで…」

こんな姿のまま一人にされたくない。

「心配するな、ここにいて、見ていてやる。好きなだけ乱れろ」

そんな言葉にも雪洋は反論することもなく、ただ小さな呻き声を漏らし続けているだけだ。

今夜は両手を縛られているわけじゃない。こんな風に自分の体に埋め込まれているものを、手を伸ばせば抜き出すことだってできないわけじゃない。

でも、そんなことはしない。

雪洋は一人ベッドの上で身悶えて、何度も寝返りを打つ。やがて、うつ伏せになるとシーツをかきむしるようにしながら、腰を持ち上げる。

そうするのが一番苦しくないと思ったからだ。が、奇《く》しくもそうすることで、部屋の片隅に置いてあるカウチに腰かけた岡林に下半身を見せつける格好になってしまった。

シルクのガウンを羽織った彼は、静かに煙草を吸いながら言った。

「なかなか扇情的だな。そういう無機質なものをくわえ込んでいると、普段は人形のようにすましているお前が生々しく見える」

人形のようにすましていた覚えなんてない。自分は岡林の前ではいつもひどく取り乱していたり、惨めだったりすると思う。

「あっ…、も、もう、嫌だ。本当に苦しい。抜いて、抜いてほしい…」

「イキそうなのか？」

そうだと頭をガクガクと頭を縦に振る。こんな機械的な振動なのに、自分の体は確実に煽《あお》られて、もう今にも弾けてしまいそうなくらい感じている。

どんな姿を見られてもいまさらだが、こんなもので果てるのを見られるのはやっぱり悲しいような、悔しいような気がした。

「お願いっ。祐司さんがいいっ。こんなんじゃ嫌だ。早く、抜いてっ」

自分の懇願が通じることなどないとわかっていても、これだけはどうにかしてほしいと心から願っていた。

「俺がいいのか？」

「祐司さんがいいっ。ひぃ…っ、あっ…、ああっ」

こうして話しているうちにも、股間は限界を迎えようとして、濡れそぼった先端を揺らしている。

そんな雪洋の姿を見ながら、岡林がようやくカウチから腰を上げる。

「たまにはお前の言い分もきいてやらないとな。それに、今夜は充分楽しませてもらったから、褒美がわりに望むようにしてやる」

雪洋のすぐ後ろに立った岡林は震える双丘に手を伸ばす。彼に尻を向けた格好で四つに這っている雪洋は、その気配にゴクリと喉を鳴らしてしまう。

岡林が少し乱暴な仕草で雪洋の体の中に埋まっているものを引き抜いた。

「あっ、ううっ…っ」

その刺激で一気に弾けそうになった前を両手で押さえ込む。ベッドの上で体を丸めるようにしていたら、岡林の手で髪をつかまれて引き起こされた。

「ううっ…あっ…んんっ。もう…っ」

待てない。岡林自身がほしい。

そんな気持ちを口にする前に、岡林の充血した固まりが押し込まれた。

「ああーっ、あっ、あっ、んんっ…ああっ」

メチャクチャに声を上げて、持ち上げられた頭を大きく仰け反らせる。

岡林が自分の中にいる。その絶対的な量感と、この男に支配されているのだという感覚。

体の奥をまさぐられる感覚に、込み上げてくる疼きがある。それはせつなくて、甘い疼きだ。

「あぅ…ああっ…。いいっ…、たまらないっ…」

たまらずに口にしたら、岡林が満足したように笑ったのがわかった。あの、唇の端を持ち上げるいつもの笑みを、今自分の背後で浮かべているんだろう。

その笑みはひどく冷淡なのに、美しい。

ずっと認めるのが嫌だったけれど、端整な容貌をした知的な男というのが初めて出会った夜の岡林の印象だった。事実彼は力強く、人が近寄りがたいほどの美しさを持った男なのだ。

この男に支配されていることが、ただ苦痛だった頃とは違う。

今はこの男にひたすらつき従う木島達の気持ちもわかる。ただ、その係わり方が、木島達と自分では違うのだ。

岡林が体ごと抱き締めるのは自分だけだ。そのことに、ふと微かな優越感のようなものを感じてしまった。認めたくはなかったけれど、自分で自分をごまかすことなどできやしない。

心の葛藤に戸惑っているうちに、岡林がゆっくりと体を動かしはじめる。

体の奥が擦れて、雪洋は思わず快感に身を捩る。自分の指先と爪先に力が入っていくのがわかる。

「俺がわかるか？」

岡林が訊いた。

体ばかりじゃなくて、心まで伝わっているかと訊かれているような気がした。

「あなたに抱かれるたび、俺の体まで血に染まる気がするよ…」

素直に自分の気持ちを答えるのは、癪に障る。ただそれだけの気持ちでそう答えたら、股間を強く握られてたまらず体をうねらせた。

「あっ、ああ…っ、んんっ…」

「憎まれ口などきけないようにしてやろう。あの張り型以外にも、楽しめそうなオモチャは山ほどあるんだ。今夜は眠れると思うなよ」

ゾッとする言葉を吐かれて、雪洋は自分の軽口を後悔して唇を噛み締める。

そして、事実、その夜は空が白むまで眠ることはできなかった。

以前と変わらず岡林と暮らしながらも、雪洋には考えなければならないことが山のようにあった。たとえこれが選択の余地のない、出口のない迷路でも、これ以上現実を見ないふりはできない。自分が今までに見てきたものを繰り返し思い出して、この狂った世界を雪洋なりに消化しようと思っていた。

この数ヶ月の間に自分はどう変わったのか、あるいはどこが変わらずにいるのか。岡林という男を自分の中でどこに位置づければいいのか、必死で考えている。

初めて会った日、あの男から残虐な血の匂いを感じた。事実、あの男のせいで雪洋は血を流した。あの肋骨の痛み、頬の痛みを今でもはっきりと思い出せる。けれど、それと同時に大阪で過ごした日々に触れた、岡林の暖かい手の温もりも覚えている。

明の死を嘆き、怯え、自ら岡林を求めたあの夜。確かに雪洋は岡林の腕の中で母親に抱かれる幼児のような安堵を味わった。そして、また彼の孤独な魂をこの腕に抱き締める快感を知った。

岡林が雪洋に押しつけてくるもの、雪洋に与えてくれるもの。どちらも強引で、ときには怒りを覚え、ときには喜びを感じる。

なし崩しに抱かれることを覚え、その快楽を貪るようになったこの体をいったいどうすればいいんだろう。いくら考えても、どこにも答えは見つからない。

ぼんやりとパソコンの画面に向かいながら、ふと新婚旅行に出かけている姉のことを思った。きっと今頃は小山内と二人で楽しい時間を過ごしているんだろう。その姉の存在がとても遠くに感じられる。

彼らが遠ざかったというより、自分自身がもう遠いところにきてしまった。明の死を境にして、自分の中で確実に変わったものがある。

それがなんなのかを、知りたい。知らなければ、先に進めない。

パソコンの画面を見つめながら、心が何度も同じところをいったりきたりしていた。簡単に答えが出ることじゃないとわかっているだけに、苛立つ自分を抑えては大きな溜息を漏らしてしまう。

そのとき、部屋のドアがノックされた。

岡林かと思って、雪洋は少し緊張しながら振り返った。だが、そこに立っていたのは木島だった。

明が死んで以来、まだ新しい世話役を見つけられずにいるのは、以前と違ってその身元をきっちりと調べてからという岡林の意向があるからだ。

いつか、明が「雪洋のこと、俺が守るから」と言っていたが、あのときはそんなことになんのリアリティも感じなかった。

でも、今はもう、その言葉の意味の重さを知っている。

ただ、それを理解したからといって、雪洋自身も明以外の誰かを簡単に受け入れられるかどうか、まだ自信がなかった。

そんな理由で、今はまだ木島が自ら直接雪洋のそばをガードしてくれている。

「勉強のお邪魔をして申し訳ないんですが、少しよろしいでしょうか？」

木島は几帳面な角度で頭を下げると、ドアから一歩も踏み込むこともなくそうたずねた。

明とはまるで違う。明はドアを開けると、よく顔だけをのぞかせ、笑ってお茶が入ったと声をかけてくれた。

あの笑顔が無性に懐かしい。

「ああ、構わないよ。何？」

雪洋は立ち上がると、木島に向かってたずねる。どうせ、レポートには集中できないでいた。

そんな雪洋を見て、木島らしくもなく一瞬躊躇した様子を見せる。

雪洋は少し頬を弛めて、彼の言葉を促す。

「何かあったんですか？　俺、もう大抵のことには免疫ができてますけど」

冗談っぽく言ったけれど、それは嘘じゃない。身近なものが不慮の死を遂げ、その仇をあんな形で討つところに立ち会った。

いや、立ち会っただけじゃない。自分のこの手がやったことだ。これ以上何に驚いて、怯えればいいのか正直思いつかないくらいだ。

それ以外にも、この木島には岡林が何を吹き込んでいるのか知らないが、自分は卑猥なオモチャで喜ぶ淫らな人間だと思われているかもしれないのだ。

たとえ何を聞かされたって、木島という男の前で泣こうが、笑おうが、取り乱そうがすべてはいまさらだ。それに彼は目の前の事実を淡々と受け入れて、岡林につき従うだけの男なのだ。

「実は、昨日、若松の骨を墓におさめましたので、雪洋さんにはその報告をしておいた方がいいかと思いまして…」

「明の…」

確か、明の死については一切警察に知らせていないはずだ。

その後、組がどうやって処理したのかわからない。おそらくは、ニセの医師の診断書でも用意して、合法的に彼を墓におさめたのだろう。

そして、明を殺害した男は樹海の奥深くに捨てられたか、どこかの海の沖合いに重りでもつけられて沈められたんだろう。

一度自分の懐に入れた明のことは最後まで、たとえ遺体になっても面倒みる。それが岡林のやり方であり、愛し方なのだ。

木島がそれを自分に教えてくれたことに、少しばかり困惑していた。

これが岡林自身の意向なのか、あるいは木島個人の判断なのかわからなかったからだ。

そんな雪洋の疑問に答えるように、木島が言った。

「このことは、岡林さんには口止めされていました。雪洋さんに伝えるべきどうか、考えたんですが…」

さすがに、これがバレると彼といえども、立場がマズくなるんだろう。

これ以上雪洋が明の死を引きずらないように、岡林なりに配慮してくれているのはわかる。

たとえ復讐や、落とし前であっても、あの凄惨なリンチと殺害に、雪洋がひどく怯え、ふさぎ込んでいることは彼だって知っている。

だが、木島は日々雪洋の様子を見ていて、このことを伝えることが、岡林と雪洋のためになると判断したに違いない。でなければ、彼が岡林の意向に背くわけがないから。

木島は、自分では学のない人間だと言っているが、雪洋にしてみればとても思慮深いと思える。年の若い雪洋には絶対に敵《かな》わないものを、彼は確かに持っている。

そんな彼だからこそ信頼して、雪洋は言った。

「木島さん、俺をそこへ連れていってくれませんか」

「岡林さんは、雪洋さんが早く若松のことを忘れるようにと望んでいます。もし、自分が雪洋さんをそこへ連れていけば、若松の死を過去のものとして受け入れてもらえますか？」

そんな言葉を聞いて、木島はやっぱり岡林のことを何よりも一番に考えているのだと思い知らされる気がした。

だが、それでも構わない。雪洋は明の墓へ行きたかった。行って、自分の胸の内を語りたい。

この世で生きている人間が誰も信用できないなら、雪洋が自分の本当の気持ちを吐露できるのは、すでに死んでしまった明しかいない。

「連れていってください。俺は明に謝りたい。そして、お礼も言いたい。でなきゃ、この気持ちをどうすることもできないから…」

切実な雪洋の気持ちを理解してくれたのか、木島は一礼するとすぐに部屋を出ていった。

彼の無言の一礼の意味には、完全な否定と、完全な黙認がある。

数分後に、またドアがノックされ、車の用意ができたことが知らされた。雪洋は、すでに黒いスーツに着替えていた。

ただ、姉の結婚式のときはネクタイが違う。

黒いシルクのネクタイは、明の死を悼み、彼の安らかな眠りを祈って締められたものだった。


その墓は都内からは車で一時間半ばかりの郊外にあった。

「明の家の墓なの？」

雪洋の問いに、木島は何も答えなかった。おそらく、組が用意した墓なのだと思った。

「彼の親族は？」

「明は中学のときに家を飛び出して以来、親族とは連絡を取っていなかったようです。今度のことでいろいろと調べましたが、両親や兄弟は地方へ移転していましたし、遺骨を引き取る気もないということだったので、岡林さんの意向でこちらの霊園に安置することになりました」

一構成員としては、破格の扱いなんだということはわかる。けれど、岡林の命を守り抜いたのだから、それはまさしく殉死であり、それくらいは当然だ。

そのとき、雪洋はふと明との会話を思い出していた。

初めて打ち解けて話したとき、明は大切にしている人がいると言っていた。こんな商売だから、高級な女も抱けるけれど、自分にはその女だけだと言っていた。

その彼女は今どうしているんだろう。

岡林は自分を守り、その岡林を守って殺された明。明の愛した女性のことを思うと、雪洋の胸はあの夜のどうしようもないせつなさにまた飲み込まれていく。

「雪洋さん、着きました」

木島に声をかけられて、ハッとした雪洋が顔を上げる。

山間にある霊園だけに、秋の深まりも早いようだった。

車を降りた雪洋は、見事な紅葉を見上げながら、用意してきた百合の花束を手に明の墓へと向かった。

「こちらです」

水を入れた桶《おけ》を手にした木島の案内で、奥まった場所にある明の墓石のそばまできたときだった。

一人の若い女性がそこにしゃがみ込み、真新しい墓石に向かって話しかけている姿を見つけた。

茶色に染めた髪と、ショッキングピンクのジャケットや、厚底の靴が妙にこの場に不似合いだったが、その横顔には深い悲しみが漂っている。

「明、あんた、馬鹿だよ。来月にはあんたの子が生まれるのに、死んじゃってさ。せめて、父ちゃんらしく、あの世からちゃんと見守っててよね。あたしだって、こんなの初めてなんだからさ。でも、頑張るからね。頑張って、いい子を産むからね」

そんな言葉を聞いて、雪洋は花束を抱えたまま足を止める。

彼女が明とつき合っていた女性だということはわかった。けれど、子どもができるなんて知らなかった。

来月に生まれるなら、明が死んだときはすでに妊娠七ヶ月くらいだったことになる。

きっと明自身すごく楽しみにしていたはずだ。それを一言も口にしなかったのは、多分岡林との関係について、雪洋が悩んでいるのを知っていたからなんじゃないんだろうか。

「き、木島さん…。知ってたんですか？」

雪洋は墓の前に座っている彼女の姿を見つめながら、自分の前で立ち止まっている木島に問いかけた。

何も返事が返ってこないところをみると、おそらく知っていたのだろう。明にとって木島は実の親以上の存在だった。きっとすべてを話していたに違いない。

何も知らずにいた自分が、たまらなく情けない気がした。明はあれほど自分に尽くしてくれたのに、自分は明の何を知っていたんだろう。

そのとき、墓の前にしゃがみ込んでいた女性が立ち上がり、こちらを見た。

木島とは顔見知りだったのか、ハッとしたように顔をこわばらせている。

「あ、あんたは…」

木島は黙って彼女に頭を下げた。その彼女の目には、愛する者を奪われた憎しみがみるみる浮かび上がっていく。

雪洋は前にいる木島の腕に手をかけて、無言のまま後ろに下がるように合図をした。

そして、明の墓に歩み寄ると、彼女に向かってまず一礼をした。

雪洋を見た彼女は困惑と、警戒心をあらわにしながらも大きなお腹を庇うようにしてたずねる。

「あんた、誰…?」

誰と訊かれて、名乗る自分の立場がわからない。

「俺は…」

そう言いかけて、この場に相応しくない言葉遣いをするべきではないと判断した雪洋は、顔を上げると、襟をただして答えた。

「わ、わたしは、岡林祐司の身内の者です。明さんに命を助けてもらった者です」

それが雪洋の言えるすべてだった。

そして、凍りつく彼女のそばまでいくと、持ってきた花束を墓石の前に置き、黙って両手を合わせた。その間、彼女が自分の横で震えているのがわかった。

雪洋がゆっくりと顔を上げたときだった。

彼女は明の墓石の前に置かれた花束を手にすると、突然雪洋の顔に向かってそれを叩きつけた。白い百合の花びらがあたりに散り、赤い花粉が雪洋の頬を染めた。

「雪洋さんっ！」

木島が声をかけて、慌ててそばに駆け寄ってくる。だが、雪洋はそんな木島にきっぱりと命令した。

「こなくていいっ！」

その声に木島の足が止まった。

「木島さんは、そこにいてくださいっ」

木島はまるで岡林の言葉を聞いたときのように、その場で動かなくなっていた。

雪洋は打たれた頬をそっと自分の指先で撫でると、彼女に向かって言った。

「明は、岡林とわたしの命を救ってくれました。感謝の言葉は見つかりません。そして、あなたへのお詫びの言葉も見つかりません。ただ、あなたと、明の子どもには幸せになってほしいと願っています」

自分でもなんて陳腐な言葉なんだろうと思っていた。

明の彼女は、膨らんだお腹を押さえながら、涙を流してもう一度花束を雪洋に叩きつけた。

「明を返せっ！　ちくしょーっ！　この子の父親を返してよーっ！」

悲痛な叫び声が霊園に響き渡る。そして、何度も何度も雪洋に向かって花束が打ちつけられる。

そんな痛みなど、あのときの明の痛みに比べればなんでもない。

雪洋は彼女の気がすむまでそこに立ち尽くしていた。すぐ後ろでは、木島が顔を伏せながらじっと控えている。

自分達がどれほどかけがえのない存在を失ったのか知るべきだと思っていた。

悲しみはこんなにも痛みを伴うものなのに、どうして岡林にはそれがわからないんだろう。

あるいは、逃れようもなく背負わされた過酷な運命の中で、彼は痛みを痛みと感じることすらできなくなってしまったのかもしれない。

そう思ったとき、雪洋は打たれ続けながらも岡林に対して深い同情を感じていた。

彼の壊れてしまった心を誰が救えるのだろう。

木島はそれに気づいていても、救うことはできない。でも、それを知っているからこそ、自分のすべてを殺してでも岡林に忠誠を尽くしているのだ。

誰よりも傷ついて、誰よりも孤独な岡林を慰め、癒してやれるのは他の誰でもなく自分しかいないのだろうか。

それを思ったとき、雪洋はずっと考えていたことにぼんやりとした答えが見えたような気がしていた。

◆◆

明を殺害した男を捕まえたことで予定をずらしていた岡林は、昨日から静岡へ出かけている。

あの日、明の墓参りの帰り道、雪洋は生まれてくる明の子どものことについて、何か自分のできることはないかと木島に相談した。

女手一つで子どもを育てていくのは大変なことだ。それは、姉が一人で自分の面倒をみてきてくれたことを思えば、容易に想像できる。

だが、木島は心配はいらないと答えた。明の子どもが成人するまで、いろいろな面で彼女らの生活を援助するように岡林からも言われているのだそうだ。それを聞いて、雪洋はほんの少しだけ安堵した。

結局、木島と明の墓参りをして、明の彼女に偶然会ったことは岡林には伝えてはいない。

それは木島と雪洋の間の秘密になっていたが、互いに岡林を裏切っている気持ちは微塵もない。岡林を思いながら死んでいった明のために、当然のことをしたまでだ。

文句を言われる筋合いはないというよりは、そんなことで岡林の心を煩わせたくないというのが、雪洋と木島の本音だった。

気がつけば、木島と同じように岡林のことを案じている自分がいて、それが忌々しいと感じながらも何か奇妙な気がしていた。

あの冷酷な男に、どうすれば自分の気持ちを近づけることができるんだろう。

そうしなければならないわけじゃないのに、気がつけばそれを考えている自分がいて、困惑してしまう。

自分に逆らうものは、徹底的に潰す。もちろん、生き延びていくには必要なことなのは理解できる。岡林は、文字どおり「やるかやられるか」の世界で生きているのだ。

けれど、拷問のあげく血みどろになっている男の指をいとも容易《たやす》く折り、薄ら笑いを浮かべてナイフで切断してしまう。

たとえ、見せしめや落とし前という意味があったとしても、そんな真似ができる岡林もまた、ひどく遠い存在のような気がしているのも事実だ。

雪洋は、自分一人がマンションの、この部屋に取り残され、世界中の人から見捨てられたような感覚を味わっていた。まるで、見知らぬ街で迷子になってしまった子どもの不安にも似ている。

世界中の誰もが、雪洋という人間がここにいて、辛くせつない気持ちを持て余していることに気づいてくれない。そんな孤独だった。

寂しさのあまり、叫び出したくなる。自分はここにいる、痛みに怯え、孤独に不安を覚え、愛に飢えているんだと叫びたい。

なのに、このマンションの密閉された窓からは、誰にも自分の叫びは届きはしない。

その夜、岡林から連絡が入ることはなく、雪洋は一人寂しさを抱えながらベッドに入った。

寝つけないまま何度も寝返りをうっては、岡林のことを思う。

憎くて、愛しい男。どうしたら、自分の人生から彼を追い出せるんだろう。

追い出せないなら、どうすれば自分の人生の中で彼を認めることができるんだろう。

そんな堂々巡りの考えが頭の中に渦巻いていたが、やがて窓の外が白んでくる頃にようやく浅い眠りに落ちていった。


岡林が静岡に出かけ、二日間があっという間に過ぎ去った。

そして、三日目の夜、雪洋はいいようのない寂しさに駆られて岡林の寝室へ入った。

それでなくてもシンプルすぎる部屋は、主《あるじ》の留守で一層冷たく感じられた。

岡林のいつも眠るベッドに自らの体を投げ出してみる。微かに岡林の匂いがした。そして、初めて抱かれた夜のことを思い出す。

儀式だと岡林が呼んだあの苦痛に満ちた行為。それすら今では甘い疼きを持って思い出される。けれど、体の快楽だけに引きずられて岡林を受け入れるわけにはいかない。いったいどこに自分の探している答えがあるんだろう。

そのとき、リビングの電話のベルが鳴った。ハッとして起き上がった雪洋は、慌ててベッドから飛び下りる。きっと岡林からだと思った。

自分でも無様だと思うほどに焦っていて、サイドテーブルの一番下の引き出しの取っ手にジーンズの裾を引っかけてしまった。

つまづくと同時に、軽い素材で作られた引き出しが、引っかかったジーンズに引っ張られて床の上に落ちた。その角で足の爪先を強打し、たまらずその場に蹲《うずくま》ってしまう。

「あっ…つぅ…っ」

そうこうしているうちに、電話のベルは鳴り止んでしまった。

滑稽《こっけい》な自分の姿に、思わず泣き笑いが漏れる。

結局リビングに戻ることもなく、床に落ちた引き出しをもとどおりに差し込み、あたりに散らばった岡林の私物を拾い集めた。

特に大切な物は入っていないようだった。ペンやメモ帳、それに使わなくなった腕時計に、カフスなど。

そんな一つ一つを拾い集めていると、ベッドのそばに銀色の小さなプラスチックの破片が落ちているのに気がついた。

雪洋はそれを拾い上げると、ちょっと部屋の照明にかざすようにしてみる。

ゴミとも思えないが、岡林の持ち物としては、その剥げた銀色の塗料や、プラスチックの安っぽさがそぐわないような気がした。

指で摘んでよくよく見れば、微かにアルファベットのような文字が描かれている。

【ＲＯＹＡＬ　ＥＮＦＩＥＬＤ】

それが何であるか気づいた雪洋は、しばらくの間呆然とその破片をつかんでいたが、やがて一人でクスクスと笑い出した。

このバイクだったのだ。雪洋は岡林の父親の言葉を思い出していた。

『祐司の部屋を捜してみぃ。まだ納戸に隠して持っとるかもしれん』

わざわざ取り寄せてまで買ってもらったバイクのプラモデルは、ロイヤル・エンフィールドのブリットだったらしい。

兄の清に壊され、河川敷に捨てられていたプラモデルの、おそらくフェンダー部分。岡林はその部分だけを拾って、今でも大事に持っているのだ。

一度ほしいと思ったものは、どんなことをしても手に入れると言った男。そして、一度手に入れたものはとことん大切に持ち続けている、そんな男だ。

そんな岡林から自分が逃げられるわけもない。多分、彼は一生雪洋を手放すことなどないんだろう。愛と呼ぶには不器用すぎると思った。それでも、岡林は雪洋に対してこんな愛情表現しかできないのだ。

誰にも岡林の孤独を理解できやしない。あれほどいつもぴったりと寄り添っている木島でさえ、岡林は難しくて、理解しにくい人物だと言っている。

でも、雪洋にはわかる。岡林に抱かれるたびに、壊れてしまった彼の魂の震えのようなものを、この体を通じて感じている。

雪洋はそのパーツをそっと引き出しの中へと戻すと、岡林の部屋をあとにする。

長い間迷い、悩み、苦しんでいたことにやっと答えが出たのだ。あとは岡林が帰ってくるのを待つばかりだった。

◆◆

玄関のインターホンが鳴った。雪洋は急いでドアを開ける。そこには少し疲れた、けれど懐かしい岡林の姿があった。

「おかえりなさい」

出迎えた雪洋を見て、岡林は怪訝《けげん》な顔をして見つめている。

「どうかした？」

雪洋がたずねる。

「いや…、お前の口から『おかえりなさい』という言葉は初めて聞いたな…」

岡林が部屋に入るなり、ネクタイを弛めながらボソリと言う。

「そうだったかな」

「間違いない。だいたいお前は玄関まで迎えにきたこともない。インターホンを鳴らしても、俺はいつも自分で鍵を開けていた」

拗ねたように言う岡林だった。雪洋は目の前の男がたまらなく愛しくなって、その腕の中へと飛び込む。

一瞬戸惑ったようにその体を受けとめた岡林だったが、やがて両手を雪洋の背中に回すときつく抱き締める。

「さっき電話したんだが、出かけてたのか？」

「ううん、祐司さんの部屋にいたんだ…。受話器を取ろうと思ったら切れちゃった」

雪洋は正直に言った。岡林がどう思ってももう構わない。

「雪洋…」

「何？」

「俺はお前を愛している」

「うん、知ってるよ。どうしたのさ、急に」

「木島の奴に説教された。俺がまだお前に『愛してる』と言っていないと知ると、この三日間、ずっとものぐさな薄情者呼ばわりだった」

雪洋は思わず噴き出してしまった。

まさかあの木島がそんなことを岡林に向かって言うとは思えないが、おそらくやんわりと諭してくれていたのだろう。

「俺、この三日間、祐司さんが恋しくて眠れなかったよ。恋しくて恋しくて、狂ってしまったみたいだ」

雪洋はそう言うと、岡林の唇に自らの唇を押しつけた。そうして、どちらからともなく唇を開くと舌を絡め合い、貪るように互いの唇を味わった。

もう言葉はいらない。お互いにたった今、何を求めているかわかっている。

岡林の手に引かれて寝室に入り、二人は縺《もつ》れるようにベッドの上に倒れ込んだ。

性急に雪洋の身に着けているものをはぎ取った岡林の手を、迷うことなく自らの股間へと導く。彼を求めてすでに勃ち上がり、泣きはじめているそこが熱い。

「恋しかったというのは嘘じゃないらしいな」

そう言って、慎みを忘れた先端を岡林の長い指が押さえるようにすると、その先走りを雪洋自身にも知らしめる。

「ああっ…っ、んんっ…」

「俺もお前がほしかったぞ」

身悶えながら首を小さく左右に振れば、肩まで伸びている髪がサラサラとシーツの上で揺れた。

快感に胸が跳ね上がれば、その胸を大きな手で押さえつけながら、岡林の唇がまた雪洋の唇へと落ちてくる。

口づけは苦手だった。自分の気持ちをすべて持っていかれるような気がして怖かったから。

でも、今はこの唇が自分を満たしてくれるものだと知っている。だから、体中に口づけてほしい。

どこもかしこも、まずは彼の唇で満たされたい。

雪洋の喉の奥まで貪るように蠢《うごめ》いていた舌がやがて離れていき、今度は胸の突起を甘噛みする。

「あっ……くぅ……っ」

痺れるような快感が込み上げてくると同時に、もっともっという気持ちが湧き起こってくる。

もっと体の奥で岡林を感じたい。いっそ溶け合うくらいにぴったりと一つになりたいと思った。

そして、そんな願いを叶えてくれるように、岡林が雪洋の体を割るようにして、熱い高ぶりを押し込んできた。

「はっ……あっ……ああっ……」

甘くせつない苦しさに、雪洋の声が漏れる。

雪洋は岡林のサラリとした肌の奥に眠る狂気を知っている。この体の中に潜む強固な意志と妄執を知っている。

この男は壊れているのだ。痛みを知らない。他人の痛みに心が反応しないのだ。

岡林が感じることのない、他人の痛みを雪洋は感じていこうと思った。

いつか雪洋自身も本当に狂う日がくるかもしれない。そのときは岡林にこの世から消してもらえばいい。

岡林は雪洋だった骨を拾い上げるだろう。そして、その骨をいつまでも大切に持ち続けてくれるのだ。あの壊れたプラモデルのフェンダーのように。

　こんな生き方をするとは思ってもみなかった。でも、もう雪洋の心が岡林を選んでしまった。

「俺は、もう祐司さんのそばを離れられやしない…」

　雪洋はその瞬間自分の体ばかりか、心の奥深くまで開かれていく感覚を味わっていた。

「あなたを愛しているから…」

　岡林の熱く固いモノに穿《うが》たれたまま、その腕の中で甘く囁いた。

　その言葉を聞いて、岡林は静かに笑う。

　愛している。本当に、この男を愛している。

　多くの傷みの果てに、今二つの心がしっかりと結ばれるのを感じて、雪洋は岡林の腕の中で柔らかに微笑んだ。

❃あとがき❃

初めまして。水原とほると申します。

このたびピアスさんにお声をかけていただき、このようなだいそれた真似をしてしまいました。まさに千載一遇のチャンスに恵まれ、ノベルズデビュー。

誰に感謝しても足りない気持ちです。ですが、まずはこの本を手にしていただいたあなたに心からお礼を。ありがとうございますっ！

さて、このお話を書き始めたときは途切れ途切れのシーンが頭に浮かんできて、それを心のままに書きとめていました。

長い時間をかけて繋ぎ合わせたり、切り取ったりの作業を続けてきたのち、気がつけばこんなお話ができあがっていたのです。

ところが、仕上がったのを喜んでいたのもつかの間で、いったいこれを誰が読んでくれるんだろうと虚しい溜息が漏れたものです。

業界では当たり前の同人活動もやっていないし、ＨＰも持っていない。「読んで、読んで」と気軽に見せる友人も身近にいないし、どこかで日の目を見る日がくるんだろうかと悶々としながら、月日だけが過ぎていきました。

それなのに、ある日突然偶然が偶然を呼び、気がつけばこんなステキでりっぱな一冊にっ！　ひたすら地味に生きてきたわたしに、こんな大きなご褒美を用意しておいてくれたなんて、神も仏もありありだわねと、思わず目尻に浮かんだ涙を手の甲でそっとぬぐったものです。

ところが、それだけじゃなく幸運はさらに続いていたのです。

挿し絵の高緒先生の絵を見せてもらったときは、何度「イエスッ！」と拳を脇腹に引き寄せて叫んだかわかりません。

イメージどおりで、知的で残虐そうな目の岡林。きれいなのに出しゃばっていない感じの雪洋。さらには、木島がまた「木島」そのもので、もう素晴らしいの一言。

わたしだけの世界だったお話が、高緒先生の絵を見た瞬間大きく広がっていくのを感じました。

こうして、いろんな人の力を借りて本というのはできあがっていくのだなぁと実感しながら過ごした日々は、それはそれは幸せなものでした。

でもね…。

こうして素晴らしい本になり、素晴らしい挿し絵をつけてもらったものの、この無名の書き手の本を誰が買ってくれるんだろうかということです。

またまた新たな不安が水原の頭上にどよ～んと…。

それでも、わたしは心にあるものを書けて、さらにそれを形にしてもらえて本当によかったと思っています。

普段は仕事をして、また別の仕事をして、さらに違う仕事をして、どれが本当の自分なのかわらかない生活をしております。どれも本当の自分なんですが、やっぱり書いているときが一番楽しいと思っている今日この頃です。

今回はラッキーが重なり合っての結果でしたが、できればこのまま細々とでもいいから書き続けることができればいいなと思っています。

だから、このノベルズ発行で運を使い果たしてしまったのかもしれませんが、それでもなお両手を天に向けて合わせてしまいます。

ちゃんと努力もする、勉強もする、そして何よりもいい子にしているから、お願い、また次のチャンスをくださーいっ！

さて、わたしの心からの祈りは通じるのでしょうか…？

二十一世紀に入り、世界情勢も何やら慌ただしい今日この頃、最近つくづく思うのは、今日できることは明日に回さないでおこうということです。

もともと「そんなに一人生き急いでどうすんの？」と言われている水原なのですが、今年に入ってますます加速気味。

長くもあり、短くもある人の一生ですが、人は誰でもそのうち必ず二度と目を覚ますことのない朝を迎えるわけだから、「起きてるうちに（生きてるうちに）やれることは一つでも多くやっておけ、自分」という気持ちです。

今日も一人で「駆け足人生」を送るわたしは、白いページにせっせと文字を埋めています。ストーリーを書きつづる以外に、心から夢中になれることは今のところ他に見つかりません。そして、この先も当分見つかりそうにもありません。

また皆様とお会いできるチャンスがあれば、そのときは水原の祈りが天に通じたと思ってください。

では、また、お会いできるその日まで…。

水原とほる

二〇〇三年三月

COMMENT.

高緒 拾
HIROI TAKAO

←木島さん
個人的にはこの人が
好きです。
(長ドスを持たせたのは
私のシュミです)

初出

夏陰 —Cain— 書き下ろし

Pierce Novels Back Number

人生サイコーの快感、教えてあげる。

Pierce Novels 10＊新書判／￥819＋TAX

未確認絶頂物体

尾鮭あさみ Illust：神鏡 智

尾行は下手だし接客は最悪。そんなデキない新米探偵・戸塚祐介に与えられた任務は絶世の美男にして変態的なストーカー・石田瞳巳の撃退工作だった。元カレへの執拗な接触を阻むためターゲットを誘惑して興味を自分自身に向けさせる作戦だったはずが、瞳巳の強烈すぎるフェロモンに魅了されたのは祐介の方で——!?

Pierce Novels Back Number

灼熱の夏――俺は漆黒の翼に恋をした。

Pierce Novels 13＊新書判／￥848＋TAX

鴉〈カラス〉

綺月 陣 Illust：杉本ふぁりな

実の両親と兄から虐待されて育った高校生の木嵜は，東京で暮らす友人・周を頼り黒磯から家出上京する。周に誘われるまま不良少年たちが集う夜の新宿に足を踏み入れたために抗争に巻き込まれ，破壊衝動に酔った彼らにレイプされた木嵜を救ったのは，背中に漆黒の鴉のタトゥーを掲げた銀髪の少年・雫だった――。

Pierce Novels Back Number

あなたを抱くのはこの腕だけじゃない

Pierce Novels 14＊新書判／￥848＋TAX

モザイクリング

須和雪里　Illust：暮越咲耶

女の子との遊び過ぎで大学を中退し，官能小説家・久遠寺の屋敷で住み込みのお手伝いさんとして働くことになった赤江亮介。そこで知り合った清楚で生真面目な美人編集者・香月忍に惹かれるようになる赤江だったが，久遠寺もまた同じ想いを抱くようになっていた。そして，香月が愛に応えたいと告げた相手は──。

夏陰 —Cain—

ピアスノベルズ 18

初版発行　2003年5月15日
第6刷発行　2008年7月20日

著者　水原とほる
©TO-RU MIZUHARA 2003

発行人　櫻木徹郎
発行所　株式会社マガジン・マガジン
〒160-0007 東京都新宿区荒木町13-7
BOY'Sピアス編集部（水野）
代表☎ 03-3359-3516
発売所　株式会社サン出版
〒160-0007 東京都新宿区荒木町13-7
営業部☎ 03-3359-2550

DTP製版　株式会社公栄社
印刷所　図書印刷株式会社

Printed in Japan　ISBN978-4-914967-35-2